kanaha
ichika
姉をさがすなら姉のなか
suzune
JN249986

かりん荘へようこそ、要くん
紅林鈴音
［くればやし すずね］
ソシャゲ大好き
大家お姉さん

じゃじゃ
じゃーんっ、
どうよ！
冴木一夏
［さえぎ いちか］
快活 YouTuber
お姉さん

そんなん言われれんでも、
少年以外には見せんし
一色いなほ
［いっしき いなほ］
芋ジャージ小説家
お姉さん

後川香奈葉
後川香奈葉
［うしろがわ かなは］
ガチFPSゲーマー
先生お姉さん
はい、静かにしてくださいね

背中から
洗ってあげるわ

いなほも……少年洗いたい
あたしのおっぱいをナマで見たかったりするのかな？
ふんだっ、別にいいです！

毎日お世話してあげるからね？

姉をさがすなら姉のなか

年上お姉さん×4との甘々アパート生活はじめます

神里大和

ファンタジア文庫

2982

口絵・本文イラスト　ねいび

目次

姉をさがすなら姉のなか

年上お姉×4さんとの甘々アパート生活はじめます

プロローグ　在りし日の記憶《きおく》

『ねえ要《かなめ》くん、女の子の下着に興味ってある？』

それは夕暮れの、ぼくたち以外は誰《だれ》も居ない公園での出来事だった。

名前も知らない、歳《とし》も知らない、けれど最近よく遊んでもらっている黒髪《くろかみ》のおねえちゃんからそう問われてぼくは戸惑《とまど》った。

『え？』

『にひひ。下着だよ、下着。要くんは女の子の下着に興味ってある？』

いたずらな笑《え》みを浮《う》かべながら、おねえちゃんが再び問いかけてきた。

『よ、よくわかんないよ……』

『そう？　まあ要くんはまだ五歳くらいだっけ？　なら、よく分からなくて当然だよね』

納得《なっとく》したように言いながら、おねえちゃんはいたずらな笑みを深めていく。

『じゃあさ、お姉ちゃんが教えてあげよっか？』

『な、なにを……？』

『にひっ。女の子の下着に興味が持てるように、実物を見せてあげるっ』

おねえちゃんはそう言ってブラウスをたくし上げると――こともあろうに胸元《むなもと》を見せつけてきたんだ。

『わっ、わっ……！』

ぼくはなんだか混乱して、妙《みょう》な気分になってしまう。

ふんわりと柔《やわ》らかそうな二つの膨《ふく》らみを包むように、メロンとかスイカによくついているあの白いあみあみみたいなレースのブラジャーがあらわになっていた。

『にひひ。ほら、可愛《かわい》いよね？』

もっと見て、と言わんばかりにおねえちゃんが胸元を近付けてくる。

『や、やめてよ……』

『大丈夫《だいじょうぶ》だいじょーぶ。目を背《そむ》けなくてもいいんだよ？　見ていいの。私がいいって言ってるんだから、見なきゃ損だよね』

おねえちゃんがぼくを抱《だ》き寄せて、そのふわふわの胸元に顔をうずめさせてしまう。

『むぐ……！』

『どうかな？　にひひ、女の子の下着は可愛いよね？』

も、もう下着に感想を抱《いだ》く次元の話じゃなくなってるよ……！

ぼくはおねえちゃんのおっぱいにうもれている。

おねえちゃんのおっぱいはとても柔らかい。

落ち着く反面、なんだかおねえちゃんをどうにかしてしまいたい感情が湧《わ》き立ってくる。

なんだろ、この感じ……。

『それはね、要くんが男の子だっていう証《あかし》だよ？　にひひ、私のおっぱい少しもみもみしちゃってるもんね。小さくても本能には逆らえないのかな？　もぅ、要くんのえっち♪』

からかうように呟《つぶや》いて、おねえちゃんはぼくを解放してくれた。たくし上げていたブラウスをササッと元に戻《もど》して、けれどいたずらな笑みは消していない。

『さてと、今日はこれまでかなぁ。それとも～、こっちも見たいかな？』

おねえちゃんは短いスカートをたくし上げようとしていた。

ぼくはごくりと喉《のど》を鳴らして、そこに目線を持っていってしまう。

『なぁに要くん、期待しちゃってるのかな？』

『──あ、えと……ちがくて……』

『にひっ。いいんだよ別に。要くんが見たいっていうなら、私頑《がん》張《ば》っちゃうし』

ニヤニヤと笑いながら、おねえちゃんはスカートをたくし上げていく。

その様子から目を逸《そ》らせそうになくて、思わず見続けてしまって、そして──

第一章　再会

「──ハッ……」

がたんっ、ごとんっ、と電車の走行音が僕の耳朶《じだ》を打った。その走行音こそが今、僕を夢の世界から現実へと引き戻してくれたトリガーだった。

「そっか……」

夢だったんだ──と、ホッとしつつ、なんて夢を見てしまったのかと頭を抱《かか》える。

そもそも夢というより、今のは再現ＶＴＲだった。

完全な創作や妄想《もうそう》ではなくて、僕が実際に体験した過去の記憶。

今からおよそ一〇年も前になるだろうか、それは僕の初恋《はつこい》の思い出で……。

《まもなくー、到着致《とうちゃくいた》します。お出口は右側です。お忘れ物がございませんように──》

僕の思考を打ち砕《くだ》くかのように、車内アナウンスが鳴り響《ひび》く。

もうじき目的地に着くらしい。ひとまず夢のことは忘れて、立ち上がった。頭上の荷物置き場からキャリーバッグを取り出して、降り口となる扉《とびら》の前に移動する。

電車が停《と》まる。ぷしゅー、と空気が抜《ぬ》けて、扉が開いていく。

降りるとそこは、都会と比べたらまるで人の居ない寂《さび》れたホームだった。

改札を抜けて駅舎から出ると、閑散《かんさん》としたタクシー乗り場が広がっていた。

懐《なつ》かしい……。昔、一時的に暮らしていたこの千石町《せんごく》に僕は帰ってきた。

忘れようのない特別な思い出があるこの土地で、僕はまた暮らすことになる。

※

三月半ば。

高校進学を二週間後ぐらいに控《ひか》えたある日——両親が突如《とつじょ》として海外赴任《ふにん》することになり、僕はそれについていかなかった。

結果として、進学前の春休みに祖父《じい》ちゃんと祖母《ばあ》ちゃんが住まうこの町に引っ越《こ》すことになって、今こうして到着したんだ。

僕はかりん荘というアパートで一人暮らしをすることになっている。祖父ちゃんと祖母ちゃんは何かあった時に頼《たよ》る保険といった感じだ。言い方は悪いけれどね。

スマホで地図を開きつつ、僕は今日からお世話になるかりん荘への移動を始めていた。

「ええと……こっちで合ってるんだよね？」

閑散とした表通りを歩いていると、歩道橋の階段部分で一人のお婆《ばあ》さんが重い荷物を抱えながらぜえぜえと息を切らしている光景が目に付いた。

大変だ、と僕はそのお婆さんに駆《か》け寄り、代わりに荷物を持ってあげた。反対側の階段を降りきったところで、その荷物をお返しする。

「いやはや。坊《ぼう》や、ありがとうね」

「いいんですよ。それじゃあ失礼します」

誰かを気遣《きづか》うことの大切さを僕は知っている。

気遣われ、救われた経験があればこそ、困っている人を無視出来ない。

特にこの町では絶対にだ。

僕が救われたのはこの千石町でのことだから。

※

《今何してるの？》

かりん荘探しを再開していると、そんなラインが届いた。海外赴任の両親についていった結果として僕と離《はな》れ離《ばな》れになってしまった我が妹・もなみからのモノだった。

ちょっと生意気だけれど、家族としてはもちろん好きな妹だ。個人的な趣味《しゅみ》に則《のっと》って言わせてもらうと、姉だったらもっと良かったのにな、と時々思ってしまう。
《アパートを求めてさまよってるところ》
と返信しておく。すると——
《じゃあお兄ちゃん、これ見て英気養って！》
そんな返事と共に画像がすぐに届いた。
なんかのアニメに登場する小柄《こがら》なチアガールの画像だった。
うぅ……くっ……もなみのヤツ、僕の趣味を知ってての狼藉《ろうぜき》だねこれは。
《なあ、青臭《あおくさ》いロリの画像なんか見せられたら僕の正気度が削《けず》られていくんだけど……》
《お兄ちゃんひどっ！　私の今の推《お》しを旧支配者扱《あつか》いしないでっ！》
《それよりお姉さんキャラの画像はないの？》
《ないよ！　なんでお兄ちゃんはそんなにババ専なの！　きもっ！》
散々な言われようだった。あと僕はババ専じゃなくてお姉さん専だから。
もなみとのやり取りはそこで途切《とぎ》れ、僕はかりん荘探しを再開する。
「あ、ここかな」
それから一〇分ほど歩いたところで、一棟《むね》の小綺麗《こぎれい》なアパートが見えてきた。

「まず、えっと……大家さんに挨拶《あいさつ》しなきゃな」

大家に御用《ごよう》の方はこちら、という張り紙に従って一階の一番隅《すみ》の部屋に向かった。

インターホンを鳴らして大家さんの登場を待つ。

綺麗なお姉さんだったら個人的には嬉《うれ》しいけれど、そう都合よくはいかないよね。

するとややあって、はーい、という澄《す》んだ返事と同時にがちゃりと扉が開かれて――

（――わっ、綺麗な人だ……）

僕の視界に飛び込んできたのは、清楚《せいそ》な雰囲気《ふんいき》をまとった美人なお姉さん、だった。

ヤバいほどの美人だ！　道中に見かけた三月の桜みたいな色の髪《かみ》の毛は絹糸のようになめらかで、ニットセーターにロングスカート、その上にエプロンも着用している家庭的なスタイル！　そして何より、エプロンの胸元が内側からデデドンと押し上げられていることに気が付いて、僕は思わず凝視《ぎょうし》してしまう。す、すごい……！

「あら、君はどちら様？」

僕の邪《よこしま》な視線をよそに、大家と思《おぼ》しき美人のお姉さんはキョトンとしていた。

そ、そうだ挨拶だよ挨拶！　胸をガン見してる場合じゃない！

「えっと、あの、今日からこのアパートでお世話になる予定の晋藤《しんどう》です、って言ったら伝わりますか？」

伝わってくれなきゃ困るんだけれど、それは杞憂《きゆう》で済みそうだった。

「あらあら、君が晋藤さんなの？　あれ？　でも、契約《けいやく》の時にお電話でお話しした声はもうちょっと年配の方だったような……？」

「あ、それ僕の父さんだと思います。代わりに色々と手配してくれたので」

「あらイヤだ、じゃあ私が勘違《かんちが》いしていたのね……恥《は》ずかしいわ」

羞恥《しゅうち》で火照《ほて》り始めた顔をぱたぱたと手で扇《あお》ぐ大家さん。

「ここまで迷ったりはしなかった？　平気だったかしら？」

「地図アプリに頼って来ましたから、なんとか」

「そうなのね。でも大変だったでしょう？　今お飲み物を持ってきてあげるわ」

「いえ、お構いなく」

「あら、遠慮《えんりょ》はしなくていいのよ？　待っててちょうだいね」

楚々とした所作で、大家さんが部屋の奥に消えていく。

上品で、気遣いも完璧《かんぺき》。

そっか、現代の大和撫子《やまとなでしこ》はここに居たんだね。うむうむ。

「おまたせ。お手製の紫蘇《しそ》ジュースしかなかったけどいいかしら？」

「わ、紫蘇ジュースを作れるんですか？　僕好きなんです、祖母ちゃんがよく作ってくれて」

言いながら受け取り、ひと口飲む……ふぅ、冷たいし甘酸っぱくて美味《おい》しい。

そんな僕のことを、大家さんがなぜか興奮気味に目を輝《かがや》かせながら見つめていた。

「(それにしてもラッキーだわ……年配の方がいらっしゃるかと思えば、一気にクラスチェンジしてまさかまさかのショタくんが到来よ……ふふ、うふふ……得した気分ね)」

「え?」

「なんでもないのよ?」

大家さんは真顔に戻っていた。

そ、そっか……なんだか身の危険を感じたのは気のせいだよね。

「ねえそれよりボク、下のお名前はなんて言うのかしら?」

「ぼ、僕はそんな風に接してもらうような歳《とし》じゃないです!」

確かに小柄ではあるけれど、春休みが終われば高一だ。小さい子扱いはちょっとね!

「(あぁ……怒《おこ》った顔も可愛《かわい》いわ。お小遣いあげたい……)」

「え?」

「なんでもないのよ?」

その真顔やめてくれないかな。ちょっと怖《こわ》い。

「そんなことより、ちっちゃい子扱いしてごめんなさいね。よしよし」

なんでこの人ナチュラルに頭を撫《な》でてくるんだろう。初対面だよね？　嫌《きら》いじゃないけど。むしろ控えめに言って嬉しいけどさ。僕はお姉さん専だからね。

「で、君のお名前はなんて言うのかしら？　マイケル？」

「マイケル要素皆無《かいむ》だと思うんですけど……。その、僕は晋藤要《かなめ》って言います」

「要くんって言うのね。あら、素敵《すてき》なお名前。私は紅林鈴音《くればやしすずね》よ。鈴音って呼んでくれていいわ。ふふ、かりん荘へようこそ。これから仲良くしていきましょうね？」

大家さん——鈴音さんはそう言うと、僕に握手《あくしゅ》を求めてきた。

僕はその温かな手を握《にぎ》り返す。

「こちらこそよろしくお願いしますっ。それで、あの、荷物ってもう届いてますよね？」

「ええ、受け取っておいたわ。随分《ずいぶん》と少なかったわね。中身もお洋服ばかりのようだし」

「急だったもんで——って、なんでしれっと開けてるんですかっ！」

「あら、開けてはいないのよ？　中からショタ臭《しゅう》——じゃなくて洗剤《せんざい》のいい香《かお》りが漂《ただよ》ってきたから、それである程度中身の判断が出来たというだけであってね」

なんか今、妙《みょう》なカタカナ言葉が……。

「それよりほら、要くんのお部屋に行きましょう。荷解《にほど》きを手伝ってあげるから。ね？」

「わ、分かりました……」

それから僕は鈴音さんに先導されて、新たな生活拠点《きよてん》となるかりん荘二階の一室に足を踏《ふ》み入れた。両脇《りょうわき》に人が住んでいるみたいだから、あとで挨拶しなきゃね。

「うちのアパートはこういう感じなのだけど、どうかしら」

八畳《じょう》の1LDK。風呂《ふろ》トイレ付き。うん、最高だね。洋風で綺麗だし。

「一人暮らしってことだけど、もし何かあれば私を頼ってくれていいからね？　私、要くんのお願いならなんでも聞いてあげちゃうから……ふふ、うふふ」

なんだか邪悪《じゃあく》な笑顔《えがお》に見えるけれど、きっと気のせいだと思いたい。

何はともあれ、僕は大家の鈴音さんと無事に打ち解けられたことに安堵《あんど》しつつ、一緒《いっしょ》に荷解きを開始したのだった。

※

『ほい、要くんに飴《あめ》ちゃんあげちゃう』

『わっ、ありがとうおねえちゃん。さっそくなめちゃおっと』

『美味しい？』

『うんっ！』

『じゃ、飴ちゃんの対価もらっちゃうね？』

『えっ、タダじゃないのっ⁉』

『でもお金を取るわけじゃないよ？　――それっ、ハグからのむぎゅむぎゅ攻撃《こうげき》だ！』

『ひゃあ！』

『にひっ、女の子みたいな声だねえ？　それそれっ、もっとむぎゅむぎゅしちゃうぞ～？』

『や、やめてよーっ！』

※

「――――」

ハッとする。荷解きをしつつ、僕の意識はどこかに行っていた。いや、どこかに行っていたというか、なんか古い記憶《きおく》がよみがえってボーッとしていた、という方が正しい。

とある《お姉ちゃん》との思い出が脳裏《のうり》に映像として浮《う》かび上がっていた。

それで荷解きの手が止まっていた。

それはこの千石町での思い出。

さっき夢にも見た幼少期の記憶。

僕を救ってくれた彼女。

初恋《はつこい》の残滓《ざんし》。

忘れられない思い出をくれたあの人は、今どこで何をしているんだろうか。

「要くん、どうかした？　ボーッとしているようだけど、気分でも悪い？」

「あ、いえ、なんでもないですっ」

鈴音さんに心配されてしまったので、僕は気を取り直して荷解きを再開する。

その時だった。

「——はいどもーっ！　こんにちはこんばんはおはようございまーすっ！」

「え？」

玄関《げんかん》の方からいきなり快活な声が響《ひび》き渡《わた》ってきたと思ったら——

どがんっ、と黒い上着にデニムのホットパンツを組み合わせた美白の金髪《きんぱつ》ギャル系お姉さんが突如《とつじょ》として室内へと踏み込んできたのが分かった。……な、何事？

「はいっ、というわけで！　今日はなんとですね〜、あたしが住まうアパートに新しい入居者の少年がやってきた、ということでしてっ。ちょっとねえ、今からインタビューしてみたいと思いまーすっ！」

そのギャル系お姉さんはなんか知らないけれど自撮《じど》り棒にスマホをセットした状態でレ

ポーターか何かのように明るく喋《しゃべ》っていた。え、もしかしてカメラ回ってるの？

「お、鈴音っちも居るねえ！　でもあたしの目的はキ・ミ♪」

自撮り棒を調整して、白ギャルお姉さんが僕にレンズを向けてくる。

な、なんなのこれ……？

「じゃあキミっ、まずはお名前と年齢《ねんれい》を教えてくれるかな～？」

急にいかがわしいビデオの冒頭《ぼうとう》みたいなインタビューが始まったんだけど……！

「あ、あの……あなたは？」

「およ、あたしのこと知らない？　まあ知名度的にはまだ全然だしね、しょうがないか。でもそれはそれとして、あたしはキミを知り尽《つ》くしたいの！　さあ、お名前と年齢から教えてくれるかな？　ファーストキスはいつ？　初体験は終わらせたかな～？」

妙な質問を繰《く》り出し始めた金髪お姉さんをよそに、僕は鈴音さんに助けを求む。

「す、鈴音さん……なんですかこの人！　どうにかしてください……！」

「（あらぁ、要くんいいわねその困り顔……お姉さんゾクゾクしちゃうわ）」

「……え？」

「なんでもないのよ？　ええ、今すぐどうにかしてあげるからね？」

そそくさと金髪お姉さんに迫《せま》って、鈴音さんはスマホのレンズを指で塞《ふさ》いでくれた。

「こら一夏《いちか》ちゃん、ダメでしょ？　急な撮影《さつえい》はやめなさい。要くんが怖がっているわ」

「えぇー。でも新しい入居者って動画のネタになるし」

「プライバシーはちゃんと考えてあげなきゃダメよ？」

「んー、まあそれもそっか」

納得《なっとく》したように自撮り棒からスマホを外すと、金髪お姉さんはしゅんとした眼差《まなざ》しを僕に向けてきた。

「ごめんね。怖がらせちゃったよね？」

「えと……べ、別に大丈夫《だいじょうぶ》です。困惑《こんわく》してただけなので」

「そう？　じゃあさじゃあさ、改めて撮影させてくれたりは？」

「そ、それは勘弁《かんべん》して欲しいです……」

「ちぇー、残念っ！」

不服そうに唇《くちびる》を尖《とが》らせる金髪お姉さんだった。

この人は一体何者なんだろう？

一見するとスレンダーな白ギャルさん。

こういう人に可愛がられながら生きる人生って想像すると楽しそうだ。

ともあれ、この人は多分かりん荘の住人なんだよね？

「その子はね、冴木《さえぎ》一夏ちゃんよ。要くんのお隣《となり》さん」

「はいはーい！　あたしは冴木一夏！　グーグルの犬やってます！」

「え？」

「動画投稿者《とうこう》。要するにユーチューバーってことよね」

「ええ！」

鈴音さんの補足に驚《おどろ》いてしまった。

そりゃ今はそういうのが人気な時代だし、僕自身そういう動画を結構な頻度《ひんど》で見ていたりもするけれど、ユーチューバーを実際やっている人に会ったのは初めてだった。

「あはは、まああんまり人気ないんだけどね」

「いや、でも、やってるだけですごいと思います」

自分を発信するのって結構大変なことのはずだ。このご時世色々あるし、その只中《ただなか》に自分をさらけ出すって相当に覚悟《かくご》がいることだよね。少なくとも僕には出来ない。だから匿《とく》名《めい》の殻《から》をぶち破っている人は無条件ですごいと思う。

「うぅ……要っちだっけ？　キミ良い子だにぇ……褒《ほ》めてくれてありがと～！」

「わわっ……！」

どこか感激したような表情で抱《だ》きつかれ、僕は照れてしまう。

身長差のせいで僕の顔が一夏さんの胸元《むなもと》に埋《う》まっちゃってるし！

しかも見た目以上におっぱいが大きいし！

「ねえ要っちっ、あたしのことは一夏って呼んでくれていいから仲良くしようねっ！　そして動画のネタいっぱい提供してねっ！」

「ね、ネタの提供はしませんから！　というか離《はな》れてください一夏さん……！」

おっぱいに包まれ過ぎて頭がクラクラしてきたよ！

「えぇー、何よぅ何よぅ。お姉さんに引っ付かれるのはイヤな感じかな？」

「い、イヤではないですけど……っ！」

むしろいい匂《にお》いで柔《やわ》らかくてふかふかで最高ですけれど出会って一分も経《た》たずにこれは問題な気がする……！

「ほら一夏ちゃん、そろそろ離れてあげなさいな（ショタを独《ひと》り占《じ》めとか殺すわよ）」

「ん？　鈴音っち何か言った？」

「要くんから離れてあげなさいって言ったわ。嫌《いや》がっているでしょ？」

「でもでも、要っちをこうやって抱きしめてあげると収まりがいい感じでさあ、あたしも落ち着くっていうか。それに可愛《かわい》いからずっとこうしてたいってのもあるし！」

一夏さんが僕をぎゅっとしたまま離そうとしてくれない。

控《ひか》えめに言って天国な状況《じょうきょう》なんだけれど、いい加減荷解《にほど》きを再開したい僕は抱っこを拒《きょ》否《ひ》する猫《ねこ》みたいに身をよじって一夏さんから抜《ぬ》け出した。

「ぶぅー、なんで抜け出しちゃうかなぁ？」

少し不満そうに一夏さんが呟《つぶや》く。

フレンドリーで素敵《すてき》な人だなと思う。新しい環境《かんきょう》にやってきた僕にしてみれば、こうして積極的に絡《から》んでくれる人が居るのは非常に助かるしありがたかった。

※

その後、一夏さんにも手伝ってもらって荷解きが済んだ。

荷物の量は本当に大したことがなかったから、配置なんかもあっさりと終わった。

「そうだ要くん、ちょっといいかしら？」

少し休憩《きゅうけい》していると、鈴音さんに声を掛《か》けられた。

「なんですか？」

「このアパートには一夏ちゃんの他《ほか》にもう二人、住人が居るの。この隣の部屋に一人と、ちょうど真下にもう一人。もし挨拶《あいさつ》に行くなら一緒に行ってあげようかと思ってね」

「いえ、挨拶くらい一人で行けますんで」

「本当？　途中《とちゅう》で声をかけられても知らない人についてっちゃダメよ？」

「どういう注意ですか⁉」

実は某《ぼう》夢の国くらいの敷地《しきち》面積でも誇《ほこ》ってるのかここ！

「まあ要っち可愛いから、鈴音っちが過保護になっちゃう気持ちは分かる分かる」

一夏さんまでそんなことを……。

くぅ、早く伸《の》びろ僕の身長！

「あ、そうだ要っち。キミが挨拶に行く様子を撮って動画にしてもいい？」

「何が面白《おもしろ》いんですかそれ！」

はじめてのおつ○いの超絶《ちょうぜつ》劣化《れっか》版にしかならんでしょ！　再生数○回不可避《ふかひ》だ！

「とにかく僕は挨拶に行ってきますから、お二人は邪魔《じゃま》しないでください！」

のし巻きタオルを抱《かか》えて、僕は部屋の外に出た。

「ええと……そっちが一夏さんの部屋だから、こっちがまだ見ぬ住人さんの部屋かな」

僕の両サイドにある部屋のうち、右隣が一夏さんの部屋で、左隣が一色《いっしき》さんという人の部屋らしい。どんな人なんだろう、とドキドキしつつ、僕はインターホンを鳴らした。

すると「はーい」とかの返事もなしに、玄関のドアがゆっくりと開けられ、一人の女性がおずおずとその隙間《すきま》から顔を覗《のぞ》かせてきたのが分かった。

顔の位置的に僕よりも小柄《こがら》な人だった。目が隠《かく》れる程度に長い黒髪《くろかみ》が特徴《とくちょう》的だけれど、彼女の顔はよく見ると小動物のように可愛らしい。

けれど、ほのかに引きこもりの匂いがする人だった。目を合わせてくれないんだ。

「……っ！」

そんな彼女は僕の顔を見るやビビったように玄関のドアを閉めてしまった。

え、何そのドアを開けたら不審《ふしん》者が居たみたいな反応……っ⁉

「あ、あのっ、僕は引っ越《こ》しの挨拶に来ただけです！　怪《あや》しい者じゃないですから！」

必死に弁明していると――ぎぎぃ、と再びドアがゆっくりと開かれ、一色さんであろう女性が今度は全身を見せてくれた。

小柄な彼女は学生時代に着ていたっぽい紫《むらさき》のジャージを身にまとっていた。

年の頃《ころ》は判断しにくいけれど、普通《ふつう》に僕よりは年上だと思う。

そんな一色さんはずっとうつむき加減でひと言も発してくれない。

コミュニケーションが苦手な人なんだろうか。

なら僕が紳士《しんし》に対応しなきゃっ。

「えっと、一色さんですよね？　僕は隣に引っ越してきた晋藤要って言います！　これからよろしくしてもらえると嬉《うれ》しいですっ！」

「………」

む、無反応。でも僕はめげない！

「あ、あのっ、これタオルなんですけど、よければお好きに使ってください！」

のし巻きタオルを差し出す。これにも無反応だったら虚《むな》しくて脱兎《だっと》の如《ごと》く逃《に》げ出そうと思っていたのだけれど、少しの間が空いたのちに、一色さんはのそっと僕の手からタオルを受け取ってくれた。良かった、受け取ってもらえたことにホッとする……。

そんな中、一色さんがどこからかスマホを取り出して何かをやり始めていた。どうやら文章を打っているみたいだけれど一体どうしたんだろう？

と不思議に思った次の瞬間《しゅんかん》、その画面が僕に示されて――

『いえーい☆　タオルありがとう(*^◯^*)　これからよろしくね少年！　ちなみにいなほのフルネームは一色いなほだから気軽にいなほって呼んじゃっていいよーん！w』

――性格違《ちが》い過ぎだろおおおおおおおおおおおおおおおおおおおおお！

どうなってるの!?　え？　言っちゃ失礼だがこの陰《いん》キャ丸出しお姉さんが文章の中だとこんなに弾《はじ》けたキャラになるってこと!?　ギャップがヤバいよいなほさん！

『どったの？』

メモ(1)
いえーい☆ タオルありがとう(*^○^*)
これからよろしくね少年！
ちなみにいなほ のフルネームは一色いなほだから
気軽にいなほって呼んじゃっていいよーん！w

「いや、どうかしたのはいなほさんの方ですよね⁉」

『ま、これがいなほの平常運転だから慣れてくれると嬉しいんよ』

「は、はあ……」

いなほさんの本体は相変わらずおずおずのオドオドで会話なんてどうにもならなそうな雰囲気《ふんいき》しかないんだけれどね。でも文章でだったら意思疎通《いしそつう》が可能らしい。性格が別人レベルで変わるっぽいけど。

『さてさて。もうちょっとお喋《しゃべ》りしたいところだけれども、いなほ今締《し》め切りがチョーヤバいからまた今度話そうね☆』

「締め切り？」

『いなほね、作家なんよ（、・ε・）』

「え、すごいですね」

かりん荘の住人がやけにバラエティに富んでるのは気のせいじゃないよね。

『というわけで、今はこれにて失礼しちゃうんよ☆　アデュー！』

いなほさんはそう記すと、おずおずと小さく手を振《ふ》りながらドアを閉めたのだった。

なんというか、この落差よ。テンション高めのメッセージを読んだあとの、本体によるオドオドやり取り……——可愛いです、いなほさん。

色んなお姉さんが居るアパートに来られて、僕は幸せだと思いました、まる。

※

それから――

「もう一人の住人はここかな」

僕の部屋の真下にある部屋。ここに最後の住人が居るとのことで、僕は挨拶のためにインターホンを鳴らそうとしたのだけれど――

「――なんけ今のっ！　絶対私の方が先に当ててたじゃろ……ッ！　くぎゃああああああフ〇ック！　死ね！　回線勝ちじゃろどうせ！　リスポーンしたら狩《か》ってやるけぇ、そしたら屈伸《くっしん》と死体撃《う》ちで煽《あお》りまくり確定じゃボケナスがあああぁぁぁッ！」

激怒《げきど》した感情がこれでもかというほどに乗せられた口汚《くちぎたな》い言葉（女性の綺麗《きれい》な声で）がドアの向こうから聞こえてきたので、インターホンに触《ふ》れようとした指を思わず引っ込ませる。……え？　何今の？

「あー……要くん、今は挨拶するのやめといた方がいいかもしれないわね」

怒声に驚いて固まっていると、鈴音さんが僕のそばに歩み寄ってきた。

「今の聞いたら分かると思うのだけど、彼女すごく機嫌《きげん》が悪そうだから」

「ええと……ヤバい人なんですか？」

「やばたにえんよ」

「や、やばたにえんですか……」

「若い子はやばたにえんって言葉をよく使うのよね？」

「……多分もう死語ですけどね」

「…………」

「…………」

「と、ともあれ、そこの住人はいわゆるゲーム廃人《はいじん》だから近付かない方がいいわ」

なるほど、ゲーム廃人か。

屈伸とか死体撃ちってワードが聞こえてきたから恐《おそ》らくシューター系のゲームをやっている人なんだろうか。ＦＰＳやＴＰＳは僕もやる側の人間だけれど、その手のゲームをプレイする人たちは一部がヤバいというか、下手くそに対して煽りメッセージを送り付けたりするっていうね……。僕も送り付けられたことがあるけれどひと晩中泣いたよ。

「じゃあ……この人への挨拶は後回しにしときます」

「そうなさいね。要くんに何かあってからじゃ遅《おそ》いんだもの」

なんかもう扱《あつか》いが災厄《さいやく》みたいだった。そんなにヤバい人なのかな……。

「それはそうと要くん、いなほちゃんに挨拶出来ただけでもあなたは上等よ。彼女も相当気難しいタイプなのだし」

「ね、あたしもいなほっちと打ち解けるのは大変だったなあ」

気付けば一夏さんもやってきていた。

「本体とメッセージが別人レベルに違うって言っても結局は同一人物だからさ、本体が興に乗らないことにはメッセージなんて貰《もら》えないっていうね。そんな中でいなほっちと挨拶が出来たってことは、要っちにはいなほっちの興味を引く何かがあったってことだよ」

どうやらいなほさんと無事に挨拶出来たのはそれなりにすごいことらしい。

なんだろう、いなほさんに一目惚《ひとめぼ》れでもされてしまったとか？

いやそれはないか。

「いなほちゃん、要くんの小柄なところにシンパシーを感じたのかもしれないわね」

それはなんだか喜んでいいのかどうか微妙《びみよう》なんだけど……。

「もしくは、要っちの根暗っぽいところに共感を覚えた可能性もあったりして？」

それも素直《すなお》には喜べないよ……！

「なんにせよ、これで要くんの挨拶回りはひとまず済んだわけよね。だから改めて、これからよろしくお願いするわね、要くん」

「はいはい！　あたしもね要っち！　同じアパートの住人として仲良く暮らしていこ！」

鈴音さんと一夏さんにそう言われ、僕は心底安心する。いきなりの引っ越しでどうなることかと思っていたけれど、いい住人に恵《めぐ》まれたように思える。

一人だけまだよく分からないけれど、近いうちにきちんと話せるといいな。

※

僕はその後、祖父《じい》ちゃんと祖母《ばあ》ちゃんのところにも挨拶《あいさつ》に向かった。毎年長期休暇《きゅうか》を生かして遊びに来ていたので、久しぶりではなかった。

祖父ちゃん祖母ちゃんと別れてかりん荘に戻《もど》る道中、空はオレンジ色に染まっていた。

今夜は鈴音さんが歓迎会《かんげいかい》を開いてくれるらしいから、それを楽しみにしている。

――この町での新たな生活。

いい思い出がばんばん作れそうな一方で――

ふとよぎるのは幼少期の記憶《きおく》。

小さかった僕の、この町での思い出。

『要くん、一緒《いっしょ》に遊ぼ？』

僕を孤独《こどく》から救ってくれたあの人。

『にひ、要くんは甘えんぼさんだね』

それは初恋《はつこい》だった。

『じゃ、また遊ぼうね？』

それは叶《かな》うことのない一方通行な感情だった。

とても魅力《みりょく》的だったあの人は僕の頭の中に今も居続けている。

それはアップデートされていない一〇年前の記憶。

僕はあの人の今を知らない——だから気になるんだ。

あの人は今、どこで何をしているんだろうって。

※

「あ、要くんおかえりなさい」

かりん荘に帰り着くと、軒先《のきさき》を掃《は》き掃除《そうじ》している鈴音さんと出くわした。

「お祖父さんとお祖母さんはお元気だったかしら？」

「はい、ぴんぴんしてました」

「あら、それはいいことね。じゃあぼちぼち歓迎会を始めようと思うから、要くん、私の部屋に来てもらえる？」

「分かりました」

祖母ちゃんに持たされたお土産《みやげ》（大量のお菓子《かし》）を自室に置いてきたのち、僕は鈴音さんの部屋を訪ねた。そこには一夏さんの姿もあった。

「よっ、主役の到着《とうちゃく》だねっ！」

ぱんっ、と一夏さんがクラッカーを鳴らしてくれた。

「ねえ要っち、このままカメラ回しちゃってもいい？　歓迎会の様子をあたしのチャンネルに投稿《とうこう》したいんだよね。どう思う？」

「え、それは普通《ふつう》にやめた方がいいんじゃ……」

身内ネタって一定の知名度がないと一番つまらないパターンだからね。

「マジレスきたーっ！　でも確かにそうなんだよねえ。んー、どうしたら面白《おもしろ》い動画が撮《と》れるかなぁ。――あ、そうだ！　鈴音っちが水着になってくれれば――」

「はいはい静かにね一夏ちゃん。お料理を並べるから騒《さわ》ぐのはおしまいよ」

鈴音さんが台所から料理を持ってやってきた。唐揚《からあ》げエビフライたこ焼きチャーハンエ

ビチリビーフシチューナポリタンオムライスカレー――ってどんだけ持ってくるの⁉

「要くんが好きそうな料理を厳選してみたわ。腕《うで》によりをかけて美味《おい》しく作れたはずだから、好きなだけ食べてちょうだいね？」

見事なまでに子供が好きそうなモノばかりだ。

僕がそんなに子供舌に見えるのか？

正解だけれど。

それにしても、この見た目で料理上手ともなると、鈴音さんは嫁力《よめ》が高過ぎるよ。

「そういえば主催者《しゅさいしゃ》の鈴音さんを除けば、一夏さんだけなんですね。僕の歓迎会に参加してくれたの」

「いなほちゃんは締め切りに追われているのと、そもそも群れるのが苦手っぽいのよね」

「もう一人のアレはゲームで忙《いそが》しいってさ」

いなほさんはしょうがないにしても、謎《なぞ》のもう一人は堂々と欠席しやがったようだ。

まあ趣味《しゅみ》を優先させたい気持ちは分かるから文句は言わないでおこう。

※

それから僕の歓迎会が始められて、その場は三人だけでも充分《じゆうぶん》に盛り上がった。

楽しい時間はあっという間に過ぎ去って——

気が付くと僕は自分の部屋に寝転《ねころ》がっていた。

「……もう食えないよ」

日付がまもなく変わろうかという時間帯。

鈴音さんの料理をたらふく食べたので、今日だけで増量したのは間違《まちが》いない。

満腹で、満足だった。

けれど何かが物足りない。

すごく楽しい時間を新しく過ごせても、この町には忘れられない過去がある。

この町の思い出としては、いや僕の生涯《しようがい》史上の思い出としてはそれが最上で、今夜の歓迎会さえも霞《かす》ませる。

霞ませて、浮上《ふじよう》してくるその記憶。

——《お姉ちゃん》

それは僕の嗜好《しこう》を変えてしまった存在。

一〇年前の僕を虜《とりこ》にしてくれた存在。

彼女の影響《えいきよう》で僕は——

――かこんっ。

と。

唐突《とうとつ》に物音が鳴って、僕はビクリとした。

「な、何……？」

玄関《げんかん》の方からだった。

郵便受けに何かが入れられたような物音が聞こえてきた。

こんな時間に配達？

ありえない。

でも物音が鳴ったのは確かで……。

「…………」

気になった僕は体を起こした。立ち上がる。常夜灯オンリーの室内を恐る恐る進んで玄関にたどり着いたあとは、サンダルを突《つ》っかけて意を決して外に出た。

素早く廊下《ろうか》の左右に目を配るが、誰《だれ》の姿も見えなかった。

ホッとしつつ、しかし思う。

――誰かが絶対に居たはず。

そしてその痕跡《こんせき》が、郵便受けに残されていた。

「……紙？」

厳密に言えば、折り畳《たた》まれた一枚のメモ用紙だった。

少し不気味に思う。

「一体誰がなんの目的で……」

疑問を抱《いだ》きながら、僕はそのメモ用紙を開いた。

『久しぶり。大きくなったね』

メモ用紙にはたったそれだけの言葉が記されていた。

だけれどそれは、僕にあまりにも充分な衝撃《しょうげき》を与《あた》えてくれた。

「《お姉ちゃん》……？」


――およそ一〇年前。

小学校に進学するよりも前の時期に、僕はこの千石町で暮らしていたことがある。

今はそうでもないけれど生まれつき体が弱かった僕は、都会に住まう両親のもとではなく、比較的《ひかくてき》自然が多いこの町で祖父ちゃんと祖母ちゃんのもとに預けられて療養《りょうよう》していたことがあった。

療養と言っても寝たきりとかそういう状態ではなかった。

都会の空気が合わなかった僕は、この町ではむしろ元気に過ごせていた。

だからよく外で遊んでいて――

でも友達は居なかったから、祖父ちゃんや祖母ちゃんと遊びに出かけるか、あるいは一人で遊ぶことが多かった。祖父ちゃんと祖母ちゃんには農家の仕事があったから、一人で遊ぶ機会の方が多かったように思う。

孤独だった。

寂《さび》しかった。

しかしそんな時、僕は出会うことになる――名前も知らない、歳《とし》も分からない、中学生か高校生ほどの見た目をした黒い髪《かみ》の少女《お姉ちゃん》に。

《お姉ちゃん》は明るく愉快《ゆかい》で楽しい人間で、僕はそんな彼女とよく遊ぶようになった。

おかげで孤独ではなくなり、寂しくもなくなり、僕の心は救われたんだ。

この救われた経験があればこそ、僕も誰かを気遣《きづか》える人間になろうと誓《ちか》った。

そしてそれ以上の影響として、僕は年上のお姉さんが好きになってしまった。

《お姉ちゃん》はえっちな人だった。たかだか五歳程度の僕にとても刺激《しげき》的な接触《せっしょく》を続けるような、とてもイケない人だった。

そうした接触をされ続けた結果として僕は《お姉ちゃん》のことが好きになって、その好意から連鎖《れんさ》するように年上のお姉さんばかりを追い求めるようになってしまったんだ。

ともあれ、小学校への進学を機に都会へと戻ることになった僕は、それ以降《お姉ちゃん》とは会えていない。

僕の初恋《はつこい》は中途半端《ちゅうとはんぱ》に途切れ、終わった。それでも当時の興奮が忘れられず、長期休暇中に祖父《じい》ちゃんと祖母《ばあ》ちゃんに会うためにこの町を訪《おとず》れた際は、二人と居ることよりも躍起《やっき》になって《お姉ちゃん》捜《さが》しを行なったりもしていた。

しかしあまりにもヒントが少なかった。

僕は彼女の名前を知らなかった。

歳も知らなかった。

捜しようがなかった。

だから諦《あきら》めて、《お姉ちゃん》への想《おも》いは綺麗《きれい》に心の奥へとしまったはずだった。

それなのにこの町へと舞《ま》い戻《もど》ることになって、当時の思い出を夢にまで見てしまい、くすぶっていた炎《ほのお》が再度点火しかけていた。

そこに――このメモ用紙。

『久しぶり。大きくなったね』

この町で、僕にこんな言葉をかけてくれる存在が居るとすれば、それは祖父ちゃんか祖母ちゃんか、あるいは《お姉ちゃん》だけだった。

夕方に会った祖父ちゃんと祖母ちゃんがこんなメモ用紙を残していくわけがない。

だとすれば――

「――……《お姉ちゃん》……」

僕は少し泣きそうだった。

もう二度と出会えないだろうと思っていた憧《あこが》れの、初恋の人からのメッセージ。

嬉《うれ》しさで胸が押し潰《つぶ》されそうな中で、僕は疑問を抱く。

「でもどうしてこんな、遠回りな……」

わざわざメモ用紙で言葉を届けに来たのはなぜ？

直接会いに来ないのはなぜ？

相変わらず謎だらけな人だけれど、それでもひとつ確信する。

――《お姉ちゃん》はきっとこの町に居るんだ。

この町に居て、僕を見てくれている。

直接訪問出来る程度には近くに、あの人は居るようだった。

そう考えてハッとする。

「まさかかりん荘の誰かが《お姉ちゃん》なんじゃ……？」

いや、と否定しようとして、その否定しようとした思考を否定する。

ありえないとは言えないはずだ。その可能性はあるはずだ。こんな深夜にメモ用紙を投《とう》函《かん》しに来られたのは、それだけ気軽に来られる距離《きょり》で生活しているからなんじゃ……？

「でも……」

証拠《しょうこ》がない。

かりん荘の誰もが無関係で、《お姉ちゃん》が別に居る可能性だって当然あるだろう。

それでも疑いの目を持っておくことは重要だと思う。

誰が《お姉ちゃん》かは分からないけれど、近くには居るはずだから。

そしてそう、今はそれさえ分かっていればそれでいい。

近くに居るって分かっただけで、ひとまずは充分だった。

「――いずれ必ず、見つけてやるからね」

どこかで僕を見ているのであろう《お姉ちゃん》への宣戦布告。

それを口にしたのち、僕は気分良く部屋に戻ってこの日は就寝《しゅうしん》したのだった。

幕間《お姉ちゃん》との思い出 I

『ねえ要《かなめ》くん、君っていつも一人でこの公園に居るけどさ、お友達とかは居ないの？』

夕暮れの公園。ひとけのない寂れたその場所で、ぼくは名前も歳も知らないおねえちゃんとたびたび出会っていた。

『うん……ぼくね、こっちの人じゃないから、友達は居ないんだ』

『あれ、こっちの人じゃないの？』

『そうだよ。体が弱いから、じいちゃんとばあちゃんのところに預けられてるの』

『要くんにはこっちの空気がいいってこと？　まあ田舎《いなか》だからねえ。ちょっと歩けば田んぼと森があるんだもん、空気がいいってのはその通りだよね。もっとも、この町が誇《ほこ》れるモノなんて空気しかないとも言えるんだけどさ』

自虐《じぎゃく》するように言いながら、おねえちゃんはぼくを見る。

『じゃあ要くんって、お父さんやお母さんと離《はな》れて暮らしてるってこと？』

『うん』

『寂しくないの？』

『じいちゃんとばあちゃんが居るからそうでもないけど、でも……ひとりで遊んでるときとかはさびしいかもしれない……』

『そっかぁ。でも今は私が居るから寂しくないよね？』

『う、うん……』

素直《すなお》に頷《うなず》いたは良かったものの、面と向かって認めるのは恥《は》ずかしくもあった。

『あ、頬《ほお》を赤くして照れてるぅ〜。や〜ん、もうっ、要くん可愛《かわい》過ぎっ！』

おねえちゃんは半分だけ地面に埋《う》まったタイヤの遊具に座りながら、ぼくをガバッと抱《だ》き寄せた。

『わわっ……！』

『よちよち、大丈夫《だいじょうぶ》だからね？　寂しさなんて私が吹《ふ》き飛ばしてあげちゃうからねっ』

『む、ふぐっ……！』

おねえちゃんの胸元《むなもと》にむぎゅっと抱擁《ほうよう》され続け、ぼくは息苦しいったらありゃしない。

『お、おねえちゃん……わふ……っ、そんなに強くしないでよ……っ！』

『でもこうやってされるの良くない？　にひ、おっぱいふかふかで気持ちいいよね？』

『こ、こういうのははしたないことだって、むふっ……、何かで見たよ……！』

『いいのいいの。これは要くんにだけの特別サービスだからねっ。こんなこと、同じクラスの男子とかには絶対にやってあげないんだぞ～？』

そう言って、おねえちゃんはぼくをハグし続ける。

ぼくはイヤだイヤだともがきつつも、なんだかんだ抜《ぬ》け出さないまま、おねえちゃんに体を預けてしまう。

おねえちゃんはとてもいい匂《にお》いで。

おねえちゃんはとてもいい感触《かんしょく》で。

おねえちゃんはとてもあったかくて……。

『……次会ったときも、またこうしてくれる？』

『おやおや～、要くんったら私の虜《とりこ》になっちゃったのかな～？』

『そ、そうじゃないけどっ……！』

『にひひっ、いいよ大丈夫っ。次もまたむぎゅってしてあげるからね？』

頭を撫《な》でながらのその言葉は、ぼくの心を満たすのに充分《じゅうぶん》な威力《いりょく》を誇っていた。

第二章　紅林鈴音《くればやしすずね》の本性《ほんしょう》を僕たちはまだ知らない

「うわぁ、やらかした……」

太陽がさんさんと照り付ける三月半ばのある日、僕は朝から怠惰《たいだ》を極《きわ》めていた。新たな住まいとなったかりん荘の一室で、布団《ふとん》に寝転《ねころ》がりながらソシャゲを起動している。そして無課金至上主義なりに頑張《がんば》ってコツコツ貯《た》めた石でガチャを回してみたら目当てのモノが一切《いっさい》出なかった悲しみで枕《まくら》を濡《ぬ》らしそうになっているところだ。

春休みだから自由に過ごせる反面、この町はそんなに見所もないし、それゆえに朝からこうして部屋に閉じこもってソシャゲをプレイしているわけだけれど――

「これはさすがに良くない気がする……」

もっと他《ほか》にやるべきことがあるはずだ。

たとえば来《きた》る高校生活に向けての勉強とか。

あるいはそう――《お姉ちゃん》捜しとか。

そう考えつつ、僕は布団から這《は》い出る。部屋に備え付けの机に向かう。

そこには、数日前に届いたメモ用紙が置いてある。

『久しぶり。大きくなったね』
そんな言葉が記された《お姉ちゃん》からのメッセージ。
一体どこの誰《だれ》がこれを届けに来た《お姉ちゃん》だというのか。
夜中にこのメモ用紙を届けに来られるくらい、《お姉ちゃん》は僕の近くに住んでいるのだろう。
したがって、このかりん荘の住人が怪《あや》しいんじゃないかと思っているのだけれど、
「……どうなんだろう」
まだ分からない。
全然分からない。
だからここから地道にヒントを探すなりなんなりしていかないといけない。
ピンポーン、とその時、部屋のインターホンが鳴らされた。
誰だろう？　僕は玄関《げんかん》に移動し、ドアスコープから外の様子を窺《うかが》う。
すると――
（あ、鈴音さんだ……）
ドアの向こう側に立っていたのは大家の鈴音さんだった。
桜色の髪《かみ》を風に揺《ゆ》らめかせつつ、今日も胸元を強調させるニットセーターを着ているの

が素晴らしいと思う。その上には紺のエプロンも着用しているのだけれど、巨乳《きょにゅう》はそれに覆《おお》われるどころかニットセーターごとエプロンからむちっとはみ出していた。相変わらずすごいおっぱいだ。はちきれんばかり、っていうはこのことだろうね。

（でもなんの用かな……？）

僕はひとまずドアを開けた。ひんやりとした風が流れ込んできて、鈴音さんのいい匂いも同時に僕の鼻を撫でていく。

「あ、おはよう要《かなめ》くん。春休みなのにお寝坊《ねぼう》さんじゃなくて偉《えら》いわね」

「おはようございます、鈴音さん。何かご用ですか？」

「用というほどの用はないのだけど、夜にきちんと眠《ねむ》れているか気になったの。引っ越《こ》しで環境《かんきょう》が変わったわけだから、もしかしたらここのところ眠れない夜を過ごしているんじゃないかと思ってね。どう？　きちんと眠れているかしら？」

鈴音さん、わざわざそんなことを気にして訪ねてくれたのか。ありがた過ぎる。

「全然大丈夫ですよ。ご心配には及《およ》ばないです」

「そう？　なら良かったわ」

そう言って微笑《ほほえ》む鈴音さんが天使に見えた一方で、僕はその天使の全身をまじまじと眺《なが》める。見とれている、のではなくて、鈴音さんが《お姉ちゃん》か否《いな》かを探《さぐ》っている。

僕の記憶《きおく》にある一〇年前の《お姉ちゃん》は黒髪で、おどけた性格で、学生にしては発育のいい体をしていた。

そんな《お姉ちゃん》を基準とした時に、鈴音さんはまず髪色が違《ちが》うけれど、髪の毛なんて幾《いく》らでも染められる。性格は鈴音さんの方が大人しめではあるものの、年月を経て落ち着いただけかもしれない。体は鈴音さんの方がグラマーなのは確実だが、こちらも年月を経て更《さら》に育ったんだろう、と言えるわけで。

……あれ？　ひょっとして鈴音さんが《お姉ちゃん》……？

いや待て待て、そう決め付けるのは早計だろうよ。

顔付きが微妙《びみよう》に違う気がするし。

そもそも鈴音さんは先日、僕に初対面の反応を見せたんだぞ？

でもそれが演技だったら話は変わってくるわけだし……。

「要くん、どうかしたの？　じーっと私を見ちゃって」

「え？　あぁいや、なんでもないですっ」

僕はとりあえず思考を切り上げた。鈴音さんが《お姉ちゃん》かどうかなんて、もう少し鈴音さんを観察してみないとなんとも言えない……。

「本当になんでもない？　調子が悪いなら言わなきゃダメよ？　ちょっといいかしら」

鈴音さんがいきなり僕のおでこに自分のおでこをくっつけてきた。

「す、鈴音さん……っ⁉」

「どうやらお熱はないようね」

「な、ないですよ！　本当になんでもなくて、単にぼーっとしてただけですしっ！」

「それならいいのだけど」

鈴音さんは大人しく引き下がってくれた。……そういえば今日の鈴音さんは楚々《そそ》として落ち着いている。先日は僕を妙な目で見ている感じが節々で感じられたのだけれど、あれはやっぱり気のせいだったのかな。

「ところで要くん、このままお邪魔《じゃま》してもいいかしら？」

「え、なんでですか？」

「お掃除《そうじ》やお洗濯《せんたく》を引き受けてあげようと思ってね。そういうの慣れてないでしょう？」

「まあ……」

掃除は苦手だし、備え付けの洗濯機は使い方がよく分かっていないのが現状だ。

「ふふ、男の子はそんな感じでいいと思うわ。だからこそ、私に任せてくれるかしら？」

嗚呼《ああ》……僕は理解したよ。この人は天使じゃない。もはや女神《めがみ》だ。清掃と清楚を司《つかさど》るどこぞの神話の一柱に違いない。後世まで語り継《つ》いでいくしかあるまいね、これは。

「どうぞ鈴音さん、幾らでもお任せしますよ」

「ほんとに？　じゃあお邪魔させてもらうわね」

かくして僕の部屋に入室した鈴音さんは——

「（す、数日使ってもらっただけでもうこんなにもショタ臭《しゅう》が……！）」

と、何やら小声で呟《つぶや》きながら目を輝《かがや》かせていた。

……なんか怪しい感じが出てきたような？

「あ、あの……僕も何かお手伝いしましょうか？」

「え？　ううん、お手伝いはしなくていいわ。要くんはくつろいでてちょうだいね？」

優《やさ》しくそう言われてしまったので、僕は鈴音さんによる清掃を見守ることになった。

※

「あー……いいなぁ〜……要っちは羨《うらや》ますぃなぁ〜……」

数分後。ふとそんな声が聞こえてきたので振《ふ》り返ってみると——換気《かんき》のために開けっぱなしの玄関から、お隣《となり》の白ギャルユーチューバー・一夏《いちか》さんがこちらを幽鬼《ゆうき》じみた表情で見つめているのが分かった。

「わっ……！　え、えっと……おはようございます、一夏さん」

「うん、おはよ……要っちになりたいだけの人生だった……」

「い、いきなりなんですか？」

「だって鈴音っちによるお掃除オプションとか羨ましいじゃん！　何それ！　あたしは今からこうして自分でまとめた燃えるゴミを出しに行くところなのにさ！」

一夏さんの手にはパンパンに膨《ふく》れた燃えるゴミの袋《ふくろ》が持たれていた。

「同じアパートの住人なのに何この格差！　おい鈴音っち！　要っちだけ贔屓《ひいき》すんのはやめなよ！　この露骨《ろこつ》な贔屓を動画にまとめて炎上《えんじょう》させちゃうぞ！　ＢＯＯＯＯＯ！」

一夏さんが左手を逆サムズアップ状態にしながらブーイングしていた。

「……朝からやかましい子ね、一夏ちゃんは」

僕の部屋を掃《は》き掃除している鈴音さんが、呆《あき》れた表情で玄関に視線を寄越《よこ》した。

「あのね一夏ちゃん、あなたは成人したオトナでしょう？　対する要くんはまだ中学校を卒業したばかりの子供なの。庇護《ひご》対象なのよ。管理人の私には未成年の入居者である要くんを見守る義務があるし、私自身そうしたい気持ちがあるからこうしているの。――そもそも一夏ちゃん、あなた程度のチャンネルに載《の》せたくらいじゃ炎上しないでしょ？」

「ぐはっ……！　やめて鈴音っちぃ……っ、痛いところ突《つ》かないで～……っ！」

「秘孔《ひこう》まみれの一夏ちゃんが悪いのよ」

「ひでぶっ!!」

……一夏さんが少し可哀想《かわいそう》になってきたので、僕は一夏さんサイドとして口を挟《はさ》む。

「まあでも、今はちょっとしたことでバズりますし、チャンネルの規模と炎上の確率は比例しないと思いますよ」

「そうだそうだ！　今は何があるか分からないんだよ鈴音っち！」

「だとしても、お掃除オプションは未成年のみだから一夏ちゃんは我慢《がまん》なさいね？」

「むぅー……未成年のみっていうのがさあ、それホントなの鈴音っち？」

「何が言いたいのかしら？」

「いやね、なんかその理由がさ、要っちのお世話をしたいがゆえの大義名分にしか聞こえないんだよね。だってほら、鈴音っちってショタ――」

「――ねえ一夏ちゃん、家賃二倍になりたいのかしら？」

そのひと言はとんでもない威圧感《いあっかん》を伴《ともな》っていた。蛇《へび》に睨《にら》まれた蛙《かえる》のように、一夏さんは硬直《こうちょく》して言葉を途切《とぎ》れさせ、僕さえも怖《お》じ気付《けづ》く。……ところで、ショタがどうしたって？

「ご、ゴミ捨ててこよーっと」

ややあって動き出した一夏さんが、逃《に》げるように階段を降りていく。

鈴音さんが、真顔で僕に視線を移していた。

「ねえ要くん」

「は、はい……？」

「あなたは何も聞かなかった。いいわね？」

「は、はいっ……！」

そ、そうさ、僕は何も聞かなかったんだよっ。ショタがどうとか忘れちゃったよねっ。

「あら、素直《すなお》でいい子ね。じゃあ引き続きお掃除しちゃうから、要くんも引き続き何もしないままくつろいでてちょうだいね？」

「い、いや、やっぱり手伝いますよ。自分の部屋のことですし」

「まあ、なんて素敵な心遣《こころづか》いなのかしら……泣けるわ」

ガチで潤《うる》んでるじゃないか！

そんな感情豊かな鈴音さんと一緒《いっしょ》に、僕は改めて掃除を始めることになった。

※

『うぅ……いたいよぉ……』

『あ、要くん大変っ！　転んですり剝《む》いちゃったんだね……――じゃあはいっ、あそこの水飲み場で傷口洗って、この絆創膏《ばんそうこう》で塞《ふさ》いじゃおっか』

『うん……ありがと、おねえちゃん』

※

「――――」

ハッとする。掃除が一旦休憩《いったんきゅうけい》となった室内でソシャゲをしながら、僕は気が付くと《お姉ちゃん》との過去を思い返していた。

《お姉ちゃん》はハチャメチャな人でありつつ、色々と気が回るというか――言うなればそう、母性があったように思う。

今、僕の部屋を掃除してくれている鈴音さんはまさに地母神かってくらいの気配りをしている真っ最中だと思うのだけれど……どうなんだろ、この人は《お姉ちゃん》なのか、あるいはまったくの別人なのかな。

《ねえ、あまり無視されると寂《さび》しいわ》

思索《しさく》に耽《ふけ》る僕をよそに、手に持つスマホからそんな音声が流れてきた。今起動しているソシャゲの放置ボイスだった。これ五分おきだから、そんなにぼーっとしていたのか。

「あら、要くんもそのアプリをやっているのね？」

休憩中でも僕の布団《ふとん》をベランダに干したりしている鈴音さんが、放置ボイスを耳にしてだろうか、そんな風に食いついてきた。

「鈴音さんってソシャゲやるんですか？」

「あら、意外かしら？」

「意外ですよ。鈴音さんはこういうのには疎《うと》い感じかと」

「とんでもないわ。ソシャゲは私の生きがいだから」

「い、生きがいですか……？」

「そうよ。ガチャを回すために私は生きているの。正直ゲームの内容ってどうでもよくてね、課金そのものだったり、各ゲーム内におけるＳＳＲとかの最上級レアを引き当てることが好きなのよね」

射幸心を見事に煽《あお》られているのか……。

なんだか徐々《じょじょ》に鈴音さんの化けの皮が剝《は》がれ始めている気がするんだけれど、これは僕の気のせい、で済まない感じになってませんかね……？

「要くんはガチャって好きかしら？」

「え？　ま、まあ嫌《きら》いじゃないですけど、僕は無課金派なのであまり引けなくて……」

無駄《むだ》に使えるお金がない、という学生らしい理由が僕を無課金派に所属させている。

「そうよね、その年頃《としごろ》だとガチャにお金を使っている場合じゃないものね」

「そうなんです」

「じゃあ——私がお金を出してあげましょうか？」

「へ？」

「お金を出してあげると言ったの」

「な、なぜ？」

「ショタには——じゃなくて、要くんには目を輝かせてガチャを遊んで欲しいからよ」

ショタって言ったよね⁉

「さて、まずはこんなもんでどうかしら？」

鈴音さんが僕の眼前で万札を扇状《おうぎじょう》に展開し始めていた。

「す、鈴音さんっ⁉」

「さあ受け取りなさい要くん、遠慮《えんりょ》はいらないわ。満足にガチャも出来ない男の子なんて可哀想で見ていられないんだもの」

「ま、待ってください！　そんなの受け取れませんから！」

扇状の万札は合計で二〇万くらいありそうだし、この人どんだけ僕にガチャさせるつもりなんだ……っ！

「あぁもしかして、現金だと今すぐガチャが出来ないからクレカの方がいいのね？」

「へっ⁉」

「ええ分かったわ要くん、これが私のクレカよ。好きなだけ使ってくれていいからね？」

光沢《こうたく》のある黒いカードを手渡《てわた》そうとしてくる鈴音さん。

これブラックカードってヤツじゃ……っ⁉

「ほ、ホントに待ってください鈴音さん……っ！　現金だろうとクレカだろうと受け取れませんからっ‼」

「どうして？」

「どうしても何も、そんなの受け取ったらただのダメ人間ですし……っ！」

僕は人様のお金でガチャを回すような男にはなりたくない。僕がなりたいのは、僕を寂しさから救ってくれた《お姉ちゃん》のように、誰《だれ》かを救える人間なんだ。

「な、なんて……——」

すると鈴音さんは感極《きわ》まったように目元を潤ませ、

「——なんていい子なのかしら……っ！」

　ぶわぁぁぁ、と洪水《こうずい》のように涙《なみだ》を流しつつ、鈴音さんは僕を慈《いつく》しむように抱擁《ほうよう》してきたのだった。──ど、どういうことなの……っ⁉

「すごいわ要くん！　いい子ね要くん！　お金の誘惑《ゆうわく》にあらがうだなんて大人でも難しいことなのに、要くんはこんなに小柄《こがら》な体であらがうことが出来てしまうのね……っ！」

「い、言っときますけど僕もうじき高校生ですからね⁉」

　なんで園児くらいの子供を褒《ほ》めるかのような扱《あつか》いを受けてるんだろ！

　ていうか鈴音さんもう化けの皮完全に剝がれちゃってるよね⁉

　この人重度のショタ好きなんでしょ恐《おそ》らく！

　ガチャ大好きなショタコンってなんだよ！

「あぁ……私ったら要くんの愛らしさに歯止めを壊《こわ》されてしまったのね……ノータッチの精神を貫《つらぬ》いていたつもりだったのに……」

　ノータッチも何もあんた初邂逅《かいこう》時に思いっきり僕の頭撫《な》でてましたよね⁉

「なら、もういいわね。私は要くんの前では本心を隠《かく》さないことにするわ」

　ど　う　か　く　し　て
「さて要くん、私の目的はもう分かっているわね？」

「な、なんのことですか……？」

「私が要くんのお部屋をお掃除《そうじ》しているのは、合法的に要くんの日常生活に入り込むためなのよ」

いきなりなんのカミングアウトしてるんだこの人！

「これから毎日お世話してあげるからね？　お掃除やお洗濯《せんたく》はもちろん、ご飯も全部作ってあげちゃうし――あ、そうだ、一緒にお風呂《ふろ》にも入ろうね？　キレイキレイにしてあげちゃうから」

「か、勘弁《かんべん》してください……っ！」

「遠慮しなくていいのよ？　要くんが望むならもっとすごいことだって……――きゃっ、この先は口に出しては言えないわね……」

や、ヤバい……！　完全にヤバいよね⁉

拝啓《はいけい》父さん母さん、僕はもうダメかもしれません……っ！

美人お姉さんとの生活を夢見てはいたけれど、こういうのじゃないんだよ……っ‼

なんかもっとこう、優雅《ゆうが》でのほほんとした感じがいいのに！

「さてと、じゃあお掃除をさくっと済ませたら、汚《よご》れを落とすために私と一緒にお風呂に入りましょうか」

「な、なんで僕まで……っ⁉」

「なんでって、要くんもお掃除のお手伝いをしてくれているわけだし、舞《ま》ったホコリが要くんを汚しているのは間違《まちが》いないんだもの。だから……ね？」

「ぼ、僕用事があるのでちょっと外に――」

「――用事なんてないわよね？」

「な、ないですごめんなさい……っ」

真顔で詰《つ》め寄られた。怖《こわ》かった。

「あら、謝ることが出来るだなんて、とってもいい子ね。じゃあいい子の要くんはお掃除が終わるまで待機してなさいね？」

「は、はい……」

「さてさて、それじゃあお風呂も沸《わ》かしておきましょうねえ」

そんなわけで、僕は鈴音さんの掃除が終わるのをジッと待つことになった。

嗚呼《ああ》、僕の清楚《せいそ》神はいずこへ……。

※

――一時間後。

「さぁて、お掃除が終わったわ。お風呂もとっくに沸いているみたいだし、早速《さっそく》入りましようか。ね、要くん？」

ぴかぴかになった僕の部屋で、鈴音さんが衣服を脱《ぬ》ぎ始めていた。

「ま、待ってください鈴音さん！　ホントに入るんですかっ？」

「当然よね。――あぁ大丈夫《だいじょうぶ》。今回は取って食うなんてことはしないから」

今回は……っ⁉

「さあほら、私も脱ぐんだから要くんも脱ぎ脱ぎしちゃってね？」

言いながら、鈴音さんはどんどん脱いでいく。エプロンを外して、ニットセーターも脱いで、ロングスカートまで脱いで、ついには下着姿に……と思いきや――

「……あれ？　水着ですか？」

そう、あらわになったのは下着じゃなく水着だった。ビキニではあるけれど、フリルがついた清楚な感じのヤツだ。色は白。

――ていうか待って！　水着を着込んでるってことは、最初からお風呂に入るつもりで僕の部屋に来てたってことなの⁉

「あら要くん、何を絶望したような表情を浮《う》かべているのかしら。もしかして水着じゃなくて裸《はだか》の方が良かったとか？　もぅ、えっちね」

あなたの計画性の高さに絶望しているだけなんですが！

……でもこの感じ、正直嫌《きら》いじゃない。

ハチャメチャに振《ふ》り回され、もてあそばれるこの感じは、少しだけ《お姉ちゃん》を想起させてくれる。もしかして鈴音さんが《お姉ちゃん》本人なのかな？

「ところで要くん、どうかしらこの水着？」

鈴音さんが白いビキニ姿でセクシーなポーズを取り始める。深い谷間を強調したり、臀《でん》部《ぶ》を強調したり……もはや感想としては素晴《すば》らしいのひと言だ。なんかもうジッと見ていることが出来ないくらい扇情《せんじょう》的というか、ビキニ自体はさっきも言った通りむしろ清楚系なんだけれど、鈴音さんの体がえちえち過ぎて清楚は別次元に旅立ってしまっていた。

「あら要くんったら、お顔が真っ赤よ？」

「だ、だって鈴音さんがそんな格好だから……っ！」

「あぁもうっ、ウブウブな要くんも素敵っ♪　もういいわ私の感想なんていらないから要くんも水着に着替《きが》えて早いところ一緒《いっしょ》にお風呂に入って汚れを落としちゃおうねっ！」

そう言って僕にトランクスタイプの水着を手渡してくる鈴音さん。

「よ、用意してくれたんですか？」

「ええ、元々持っていたのよ」

「なんで男モノの水着を持ってるんですか⁉」

「もしもの時に役立つかと思って災害セットと一緒にね」

非常食みたいなノリ⁉

「それより要くん、一人でお着替え出来る？　出来ないなら手伝ってあげるのだけど」

「で、出来ますから先にお風呂場まで行っててください！」

「手伝いたかったのに残念だわ」

もはや本性《ほんしょう》を隠すつもりがないんだね……。

「じゃ、必ず来てちょうだいね？」

この隙《すき》に逃《に》げようかと思ったけれど、それはさすがに不誠実だからやめることにして、僕は大人しく水着に着替えた。それから緊張《きんちょう》と共に鈴音さんが待つお風呂場に移動する。

「あら〜、水着はぴったりだったようね？　ふふ、良かったわ」

風呂場への戸を押し開けると、鈴音さんは洗い場に佇《たたず》んでいた。僕もその場に入ろうとしたものの、正直狭《せま》くて躊躇《ちゆうちよ》する。完全に一人用なんだよね、このお風呂場。洗い場と浴《よく》槽《そう》に一人ずつなら、なんとか二人で入れるだろうけれど……。

「どうしたの要くん？」

「え？　あ、あの……狭いから入りづらくて」

「しくしく……いきなりお風呂の間取りをディスられて非常にショックだわ」

「べ、別にディスったわけじゃ……！」

「――でもね要くん、狭いからこそ、いいことだってあるのよ？」

鈴音さんは悲しげな表情から一転、目をきらんと輝《かがや》かせたかと思えば――僕の手を引っ張ってお風呂場に強制入場させたのだった。

「わわっ……！」

引っ張られた僕は意図せずして、鈴音さんの懐《ふところ》に飛び込んでしまう。次の瞬間《しゅんかん》には、ふにょん、と鈴音さんの胸元《むなもと》に顔を突《つ》っ込ませていた。や、柔《やわ》らかい……！

「ふふ、いらっしゃい。狭いとこうして密着出来るのだし、悪いことばかりではないでしょう？」

「ふごご……！」

悪いことではなくても不健全ではある気がして、僕は離《はな》れようとするのだけれど、

「ダメよ要くん。離れようとしてはダメ。プライドなんか捨てて密着しちゃおうね？　親《おや》御《ご》さんが居なくて寂《さび》しいでしょうから、今はいっぱい甘えてくれていいのよ？」

そう言って鈴音さんが僕をより強く抱《だ》き締《し》めてくる。ふにふにのおっぱいに包まれてすごく気持ちがいいものの、しかしだ。そのおっぱいから顔を上げて僕は反論する。

「ぷはぁ……ぼ、僕はもう親に甘える歳《とし》じゃないですし！」

「じゃあ私のことを恋人《こいびと》だと思ってくれていいのよ？　年上の恋人に甘えるのは当然のことよね？」

「こ、恋人⁉」

「そうよ要くん。ふへへ……私は今だけあなたの恋人よ？」

なんか悪い笑顔《えがお》になってるんだけど……っ！

「は、離してください！　今の鈴音さんは恋人じゃなくて変人です！」

「そうね、変人で結構よ。もうたまらないわ、要くんのほっそりとした体って素敵よね」

「ふあっ！」

顔に頬《ほお》ずりされ、僕は変な声を出してしまう。

「あらぁ、可愛《かわい》い声ね。もっとそういう声を聞かせてくれる？」

「い、イヤですぅ！」

「あぁんっ、ダメよ要くん。そんなに暴れたら危ないわ」

僕は身をよじって鈴音さんのハグから必死に脱出《だっしゅつ》を図《はか》ろうとする。

しかしそれがいけなかった。

ほのかに湿《しめ》ったお風呂場のタイルが、身をよじる僕の足元をずるんと滑《すべ》らせ——

「——ぁ」

そうなった時にはもうどうしようもなくて、僕は背中から倒《たお》れていく。

鈴音さんをも巻き込んで、直後には——

どんがらでげでんっ。

と盛大《せいだい》な騒音《そうおん》と共にお風呂場の床《ゆか》に体を打ち付けていた。

いてて……。とりあえず意識は無事だけれど、やけに息苦しいことに気が付いて、僕は衝撃《しょうげき》で閉じていた目を開ける。

——と。

「い……っ!?」

目の前に、ぱつんぱつんの桃《もも》があった。

桃というか、鈴音さんのお尻《しり》だった。

何がどうなってこんな状態になってしまったのかはてんで分からないのだけれど、僕は鈴音さんの臀部《でんぶ》に顔面を圧迫《あっぱく》されてしまっていた。

「やんっ……くすぐったいわ……」

僕の息遣《いきづか》いが大事な部分に当たっているからか、鈴音さんは体を悶々《もんもん》と震《ふる》わせていた。

その一方でドン！　ドン！　と隣《となり》の部屋と下の部屋から何かを叩《たた》くような物音が聞こえ

てくる。それはこっち側の隣室《りんしつ》住人であるいなほさんと、下の部屋の住人であるゲーム廃《はい》人《じん》さんが奏《かな》でる壁《かべ》ドンと天井《てんじょう》ドンの音だった。

……多分僕たちの転倒《てんとう》がうるさかったんだと思う。

ごめんなさい！　と心の中で謝罪しつつ、僕は鈴音さんのお尻をどかそうとする。口元が塞《ふさ》がれているので、どいてくださいの意味を込《こ》めて鈴音さんのお尻をぺちぺち叩く。

「あぁんっ……要くんったら、こんな時にスパンキングだなんて……！」

「んんー！（違《ちが》いますよ！）」

「というのは冗談《じょうだん》で、ええ、分かっているわ。今すぐどいてあげるからね？」

鈴音さんはお尻を上げてくれた。それから僕を気遣《きづか》うように抱《かか》え起こしてくれる。

「大丈夫だった？　怪我《けが》はない？」

「……い、一応大丈夫です」

「ふふ、私のお尻はどうだったかしら？」

「……なんですかその質問」

ハリがあって最高でした、とでも正直に言えばいいのだろうか。

「なるほど、ハリがあって最高だったのね？」

心を読まれた……っ!?

「それと、いなほちゃんたちに本来の意味での壁ドンをされてしまったようだし、ここからは大人しく湯船に浸《つ》かっちゃいましょうね？」

そんなこんなで、僕たちは狭い湯船で向かい合うように座って、なんてことない話をし始めるのだった。

※

やがて僕たちはお風呂《ふろ》から上がった。その後は鈴音さんに町案内と称《しょう》されて、千石町《せんごくちょう》を久しぶりにきちんと見て回ることになった。

「あんなところにコンビニってありましたっけ？」

「この間オープンしたのよ。前まではアダルトショップだったのだけど」

「イヤなコンビニですね……」

散歩も兼《か》ねて、僕たちは歩きで千石町の風景を観察していた。

「それより要くん、そろそろ疲《つか》れたんじゃないかしら。おんぶしてあげましょうか？」

「外に出てまだ一〇分くらいですけど⁉」

どんだけ低体力に見られてるの僕！

「じゃあおててくらいは繋《つな》ぎましょうね？　迷子になられたら大変だもの」

鈴音さんが僕の手をそっと摑《つか》んできた。ドキッとしたけれど、その動揺《どうよう》を表に出したら尋常《じんじょう》じゃなく可愛がられそうな気がしたから、僕はグッとこらえてみせた。

というか。

何気に鈴音さんが車道側を歩いているので、僕はそそくさと場所を入れ替《か》わる。

「あら、どうしてそっち側に行ったの？」

「ぼ、僕男ですから、車道側を歩くべきかなって」

「――っ、素敵《すてき》！　お小遣《こづか》いあげちゃう！」

鈴音さんがまた万札を扇状《おうぎじょう》に展開してきたんだけど！

「し、しまってください！　受け取れませんから！」

そもそも一瞬で展開したけどどういう技術なの？　マジシャンか何か？

「あぁ……要くんは謙虚《けんきょ》でいい子ね。お金に目がくらまないだなんて……」

鈴音さんが感激しながらお金をしまっていく。

「それはそうと要くん、あなたは車道側に行く必要はないのよ。私が車道側でいいの」

「？　どうしてですか？」

「ショタのために死ねるなら――私は本望《ほんもう》よ」

そう語る目はガチだった。素直にかっこいいって思ってしまったんだけど。

「あ、でも待って。そこにジムがあるからちょっと行ってくるわ」

急にそう言い出したかと思えば、鈴音さんは歩道の隅《すみ》に向かっていく。

ジムって何？　もしかして某《ぼう》位置ゲーやってるのかな？

「おまたせ。それじゃあ行きましょうか」

結局車道側を鈴音さんに取られつつ、僕たちは引き続き町を見て回っていく。

一〇年前に比べると、さっきのコンビニのみならず色々と変わっていた。

だからきっと——……《お姉ちゃん》も変わっているはずだ。

隣の人がその変わった姿なんじゃないかと、僕は少し疑いの目を持ちつつ歩いている。

そうじゃない確率も当然高いから、あくまで数ある可能性のひとつとして見ているだけだけれど。

「そろそろお昼ね。どこかで昼食を食べるとしましょうか」

市街地を練り歩いていると、時間の経過が早かった。

「あそこの喫茶店《きっさてん》がおすすめなのだけど、どうかしら？」

鈴音さんは目の前に迫《せま》っていたオシャレな喫茶店を指差した。

なんだろう、タイミング的にここを狙《ねら》って来た感じがするよね。

「なんでおすすめなんですか？」

「ふふ、入れば分かるわ」

不敵な笑みだった。何が待ち受けているんだろうか。

僕は鈴音さんと一緒《いっしょ》に目の前の喫茶店に足を踏《ふ》み入れていく。

すると——

「いらっしゃいませーっ！」

と、弾《はじ》けた笑顔で僕たちを出迎《でむか》えてくれたホールスタッフのお姉さんに、僕は見覚えがあった。

「あれ……一夏さん？」

「うわっ、要っちと鈴音っちじゃん！」

そう、そのホールスタッフは一夏さんだった。ヒラヒラのめっちゃ可愛い給仕服を着用していて、白ギャルウェイトレスとでも言えばいいのか、とにかくキュートだった。

「ゴミ出し後に戻《もど》ってこないと思ったら、そのままバイトに行ってたんですね」

現状、動画投稿《とうこう》だけじゃ生活が厳しいのかな。ちょっと世知辛《せちがら》い。

「なんで来ちゃうかなぁ。鈴音っちさあ、これもう完全にわざと乗り込んできたよね？」

「ダメだったかしら？」

「ダメじゃないけどさぁ……ハズいじゃん。微妙《びみよう》にこれ、似合ってない気もするし」

一夏さんは給仕服を見下ろしながら照れていた。

「あ、あのっ、僕は可愛《かわい》いと思いますよ。絶対にもっと胸を張るべきです」

この格好で動画を出したらバズって登録者数が伸《の》びるんじゃないかって思うほどだし。

「そ、そうかな？　えへへ、ありがとね要っち」

「要くんに褒《ほ》められるだなんて羨《うらや》ましいわ……一夏ちゃんの家賃、今月は二倍ね？」

「なんでっ⁉」

そんな横暴なひと幕もありつつ、僕と鈴音さんは席に通された。ナポリタンが一番のおすすめとのことで、僕たちは二人ともナポリタンを注文した。

「美味《おい》しいですね」

手元に届いたナポリタンを早速《さつそく》食べ始めているのだけれど、とても美味だ。

「あぁ、いいわね～。お口の周りを真っ赤にしてナポリタンを頬張《ほおば》るショタって素敵……」

対面に座る鈴音さんが変なことを言っているけれど、僕は気にしないことにした。

※

その後、ナポリタンを完食した僕たちは一夏さんに別れを告げて、町の行脚《あんぎゃ》を続けた。

そんな時間はあっという間に過ぎ去って、時は夕暮れ。

そろそろかりん荘に戻らなきゃいけないので、僕たちは帰路についていた。

こうして夕暮れの町を歩いていると、ふと一〇年前のことを思い出す。

僕と《お姉ちゃん》が出会うのは圧倒《あっとう》的に夕暮れの時間が多かった。夕暮れに外で遊ぶ僕と、放課後ゆえに自由な《お姉ちゃん》が、ちょうどよく嚙《か》み合っていたんだと思う。

（結局……どうなんだろ）

今日は一日中鈴音さんと一緒に居たけれど、鈴音さんが《お姉ちゃん》かどうかは正直分からない。だから少しだけ、探《さぐ》りを入れてみようと思った。

ここでひとつ注意すべきなのは、あなたが《お姉ちゃん》ですか？　と単刀直入に聞いてはいけないってことだ。いけないというか、意味がないというか。恐《おそ》らくだけれど、鈴音さんが仮に《お姉ちゃん》だったとしても、そんな直接的な質問をしたところで答えははぐらかされると思う。それであっさりと認めるくらいなら、そもそもあんなメモ用紙は入れてこずに今の時点で普通《ふつう》に会ってくれているはずだ。

普通に会ってくれない時点で、《お姉ちゃん》はきっと僕が自らの手で正解を導き出す時を待っている。だから僕は直接的な質問をせずに、遠回りに探っていくしかないんだ。

「鈴音さんってもしかして、子供の頃《ころ》からずっと千石町で育った人ですか？」

迂遠《うえん》な探りとしてそう尋《たず》ねると、鈴音さんはキョトンとし始める。

「いきなりどうしたの？」

「え？　あ、いや、その……」

もし鈴音さんが《お姉ちゃん》でもなんでもない場合、下手な探りは「なんでこんなに図々《ずうずう》しく色々と聞いてくるの？」と不快感を与《あた》えてしまう可能性がある。

だからその辺りも考慮《こうりよ》して、きちんとした理由と共に尋ねなければならないよね。

「え、ええとですね、いきなりそんなことを聞いた理由としては、鈴音さんの人となりを知ってもっと仲良くなりたいなって思ったからです」

「あら、そうなのね」

「はい。それで、鈴音さんってずっとこの千石町で育った人なんですか？」

「どう思う？」

質問に質問で返されてしまった。

これは……どういう反応なんだろう？　答えるつもりがないってこと？　鈴音さんが《お姉ちゃん》だから？　あるいはただの興味本位でクイズを仕掛《しか》けてきただけ？

「さすがにノーヒントじゃ難しいかしら。でもこんなのクイズとして面白《おもしろ》いわけでもないのだし、正解を早速教えてあげちゃうわね。ええそうよ、私は千石町生まれで千石町育ちなの。あぁでも、大学の時だけ上京していたわ」

お、いきなり普通に答えを教えてくれた……？

となると、鈴音さんは別に何も隠《かく》しちゃいない＝《お姉ちゃん》ではない、のか？でも僕をこういう思考に持っていかせて、自分から疑いの目を外すのが目的かもしれないわけで……。

それこそ、鈴音さんは大学時代を除けばこっちにずっと居るっぽいし、だったら当然のように一〇年前もこの町に居たはずだ。

依然《いぜん》として候補ではある。

今探れるのはせいぜいこの程度だろうか。

わずかな収穫《しゅうかく》ではあるけれど、でも鈴音さんが一〇年前もこの町に居た、っていうのはそれなりのヒントではあるはずだった。

「へえ、じゃあ鈴音さんはこの町が好きなんですね」

僕は探りを終わらせ、話の雰囲気《ふんいき》を世間話に移行させていく。

「上京したままでいよう、とは思わなかったんですか？」

「要くんに出会えたことを思えば、この選択《せんたく》で良かったと思うわ。まさか都心では出会えなかった理想のショタにこんな田舎《いなか》で出会えてしまうだなんてね。ふふ」

ブレないなこの人……。

「ねえ、ところで要くん」

西日がその角度を鋭《するど》くし始める中で、鈴音さんがふとこう尋ねてくる。

「なんで要くんは今日、こんなにも律儀《りちぎ》に付き合ってくれたのかしら？」

「え？」

「お掃除《そうじ》の時間もそうだし、お風呂もそうだし、町案内という名のこのデートじみた何かもそうだけれど、こうした行動はすべて、ショタ好きお姉さんであるこの私の欲望の趣《おもむ》くがままに行なった気持ち悪い行為《こうい》なのよね」

「ええと……自分を卑下《ひげ》し過ぎでは……？」

「でも事実でしょう？　そして要くんはそんな気持ち悪い行為から本気で逃《に》げ出そうと思えば幾《いく》らでもトンズラ出来たはずよね？　なのにそうしなかったのはどうして？」

「それは――……」

鈴音さんの観察がしたかった、って事情もあるけれど、でも一番はやっぱり――

「単純に、鈴音さんとの親交を深めたかったから、ですよ」

そう、それに尽《つ》きる。

《お姉ちゃん》捜《さが》しとか抜《ぬ》きにして、僕は鈴音さんと仲良くなりたかったのだ。

「それと、鈴音さんが少し寂《さび》しそうに見えたので」

「寂しそう？　私が？」

「鈴音さんの本心が実際どうかは分からないですけど、僕が勝手にそう思ったんです」

鈴音さんはかりん荘の大家さんをやっているけれど、それは自分で望んだことなのかなってふと考えてしまって――

だって若いのに大家さんって珍《めずら》しいっていうか、それこそ実家の所有物件を無理やり任されたとか、そういう事情があるような気がして――

もし、ソシャゲとショタが大好きというその個性的な趣味《しゅみ》が、押し付けられた役職に抱《いだ》く不満からの反動で来ているモノだとすれば、それを少しでも満たしてあげたいな、と僕はそう思って今日一日付き合っていた部分もあった。

「あら、それは考え過ぎよ」

鈴音さんはおかしそうに笑ってみせた。

「大家は好きでやっていることだし、ソシャゲとショタはずっと隠れた趣味なのよ。特にソシャゲは結構昔からやっているの。初めてやったソシャゲは怪盗《かいとう》ロワイ○ルだったわ」

「なんですかそれ」

「えっ、知らないの？　今も続いている古豪《こごう》よ？」

「僕はソシャゲの古豪と言えばグラ○ルのイメージですかね」

「そ、そんな……」

鈴音さんがショックを受けたようにたじろいでいた。

「どうしたんですか？」

「私は今、ジェネレーションギャップを痛感しているわ……歳《とし》は取りたくないものね」

つー、と頬《ほお》に伝う一粒《ひとつぶ》の輝《かがや》きを見て、割とダメージを受けていることを悟《さと》った。

だからそれ以上は無駄《むだ》に踏み込まず、僕は静観を続けて。

それからややあって元に戻った鈴音さんは——

「いずれにせよ、今日は付き合ってくれてありがとうね、要くん」

「いえ、どういたしまして」

「きっと要くんみたいに私を受け入れてくれるショタは二度と現れないだろうから——」

そう言って鈴音さんは弾《はず》むように前に出て、くるりと振《ふ》り返って僕の顔を覗《のぞ》き込む。

「——割と本気で狙《ねら》っちゃおうかしらね」

「えっ、それってどういう……？」

「はてさて、どういう意味でしょう？」

「り、理想のショタとして束縛《そくばく》し続けるとか、そういうおぞましい意味が込《こ》められていたら僕はイヤですよ!?」

「う～ん、どうかしら？　でもひとつだけ言えることがあるとすれば、困り顔の要くんってやっぱりラブリーだわ、ってことよね。ふふ」

からかうように笑うその表情に、僕は――

「…………」

また《お姉ちゃん》を想起する。

けれど証拠《しょうこ》が何もない以上、《お姉ちゃん》であると指を差すことは出来なくて。

だから結局はまだ――調査中、としか言えない状態が続きそうなのであった。

幕間　《お姉ちゃん》との思い出　Ⅱ

『ねえ要《かなめ》くん、君には隠し事ってある？』
ひとけのない夕暮れの公園で、ぼくはその日もおねえちゃんと会っていた。
『隠し事？』
『そう、隠し事。私に言えない何かがあったりしないかな？』
『うーん……特にないと思うよ？』
『そうなの？　じゃあおっぱいとお尻《しり》だったらどっちが好きか言えるよね？』
『えっ？』
『おっぱいとお尻だったらどっちが好きか言えるよね？』
『こ、答えなきゃいけないの……？』
『言えるよねえ～？　だって隠し事はないんだもんねえ～？』
おねえちゃんは悪い顔をしていた。
『さあほれほれっ、要くんはおっぱいとお尻だったらどっちが好きかね？』
『ぼ、ぼくは……えっと……──ど、どっちも好きっ』

『わお、欲張りさんだ。でもそれはちょっと欲があり過ぎるよね。不健全っていうかさ、このままだと要くんがスケベな男の子に育っちゃいそうだから、そうならないように私が今から矯正《きょうせい》してしんぜよう』

『へ？』

『ちょっとこっちに来てっ』

『わわ……っ！』

ぼくは公園近くの雑木林に連れ込まれ、壁《かべ》ドンならぬ木の幹ドンをされてしまう。

『な、何するの？』

『おっぱいもお尻も大好きな要くんを矯正するのっ。にひひ〜、どんだけ大好きなモノだろうといっぱい味わえば飽《あ》きちゃうよね？　だからはいっ、まずはおっぱいから♪』

おねえちゃんはそう言うと、ぼくの顔にふくよかな胸を押し付けてきた。

『むぐっ……！』

『そしてそして〜、要くんはがら空きの両手を私のお尻に持ってこようね〜？』

おねえちゃんがぼくの手を自らのお尻に誘導《ゆうどう》させてしまう。

直後にはぼくの手にむにっと柔《やわ》らかな感触《かんしょく》が訪《おとず》れた。

お、おねえちゃんのお尻だ……。

顔はおっぱいに包まれて、両手はお尻を摑《つか》まされ、ぼくは変な気分になってくる。

『どうかな～要くん？　これをずっと続けていればおっぱいにもお尻にも飽きて、きっと紳士《しんし》な男の子に育ってくれるよね？』

『わ、わかんないよ……！』

『そっかぁ。じゃあ要くんがしっかりと紳士な男の子に育ってくれるかどうかをこの目で見守っておかなきゃだね』

そう言っておねえちゃんはぼくにおっぱいとお尻を堪能《たんのう》させ続ける。

とても気持ちがいいけれど、これって多分とてもイケないことで——

だからぼくにもひとつ、誰《だれ》にも言えない隠し事が出来たような気がした。

『そ、そういえば……おねえちゃんには隠し事ってあるの？』

『隠し事？　うん、そりゃあいっぱいあるよ。女の子は謎《なぞ》多き生き物だからね☆』

第三章　後川香奈葉《うしろがわかなは》に悪気はない

悲報――春休み、終わる。

「どうしてだよぉ……」

四月上旬《じょうじゅん》、入学式当日の朝。

僕は自分の部屋で真新しい制服を身に着けつつ、藤原《ふじわら》○也《や》のように嘆《なげ》いていた。

「どうして休暇《きゅうか》はあっという間に終わってしまうんだよぉ……」

「ねえ要《かなめ》くん、ラブリーさが消え失《う》せているからそんな声出さないでちょうだい。それよりほら、ネクタイを締《し》めてあげるからはい、気をつけ」

「は、はい……――ってなんでナチュラルに鈴音《すずね》さんが僕の部屋に居るんですか⁉」

いつの間にか鈴音さんが目の前に居たので、僕はびっくりした。

「なんでって、記念すべき入学式なんだもの。ネクタイをピシッと締めてあげたくてね」

「ね、ネクタイくらい自分でやれますしっ」

「いいからいいから、ね？　将来はこうしてあげるのが普通《ふつう》になるかもしれないのだし、これはそのための予行演習もかねているのよ」

なんか鈴音さんの脳内で僕が勝手に将来の夫になってるっぽいんだけど！

「あ、そうそう、学校生活が始まったら女子生徒からの誘惑《ゆうわく》には注意なさいね？　要くんは可愛《かわい》いから絶対にマスコット扱《あつか》いで言い寄られるはずよ？」

「同世代も捨てがたいですけど、僕は大人のお姉さんが一番好きなのでその点はご安心ください」

「あらあら、それはプロポーズかしら？」

「す、鈴音さんのことが好きだとはひと言も言ってませんしっ」

「私は要くんのことが好きよ？」

「しょ、ショタとして、という注釈《ちゆうしやく》付きなのは分かってますしっ」

「それはどうかしらね？　ふふ」

意味深に笑いつつ、僕のネクタイを締め終える鈴音さんだった。

相変わらず、この人が《お姉ちゃん》かどうかは分かっていない。

正直ジリ貧《ひん》だから、ぼちぼち観察対象を変えてみるべきかもしれないね。

「──はいドーン！　あたしもお邪魔《じやま》しまーすっ！」

そう考えていると、スマホを取り付けた自撮《じど》り棒を持ちつつ、白ギャルユーチューバーの一夏《いちか》さんもこの部屋にやってきたのが分かった。

「あら、一夏ちゃんどうしたの？」

「要っちの晴れ姿を動画に収めておこうと思ってね〜」

　スマホのレンズは僕に向けられていた。

「や、やめてくださいよっ。撮らなくていいですって……」

「へーきへーき！　モザイクつけてアップロードするから！」

「アップロードが一番イヤなんですけどっ！」

　そもそも僕の制服動画なんて需要《じゅよう》ないでしょ！

「一夏ちゃんってさ、センスゼロよね」

「えっ、なんで鈴音っちいきなりディスってきたのっ⁉」

「でも事実じゃないかしら？　もっと需要を考えていかないとチャンネルの伸《の》びは見込めないと思うのよね」

「わ、分かってますよーだ！　でも今日は要っちにとって記念すべき日なんだから、本日のあたしは要っちの専属カメラマンになるんだし！　あたしのネタとして撮るんじゃなくて、普通に思い出として撮ってあげるからさ、それなら撮影《さつえい》してもいいよね？」

「まあそういうことなら全然……」

　邪険《じゃけん》に扱う必要はないし、むしろありがたかった。

「やったね！　そんじゃ、あたしも着替《きが》えてこよーっと」

「そうね、私も支度《したく》しないといけないわ」

……ん？　支度？

「あ、あのっ、二人ともちょっと待ってください！　支度ってなんのことですか？」

「なんの支度って、そりゃあねえ一夏ちゃん」

「ね、鈴音っち〜♪　当然だけど、要っちの入学式に付き添《そ》うための支度だよね」

「入学式に来るつもりなんですか⁉」

「だってそうしないと撮影出来ないよね？」

撮影ってこの場に限った話じゃなかったのか！

「ひゃ、百歩譲《ゆず》って一夏さんの参列理由は分かりますけど、鈴音さんはなぜ……？」

「要くんはご両親と離《はな》れ離《ばな》れになっているわけよね？　だから今日だけ私がママになってご両親の代わりに晴れ姿を拝んであげるべきだと思ったの。誰も参列しないだなんて、そんな寂《さび》しいことがあってはダメよ。せっかくの入学式なのだしね」

ママになって、のひと言がなければものすごくいい理由だと思えたのに……。

まあでも、そういうことなら二人とも来てもらっていいのかもしれない。

祖父《じい》ちゃんと祖母《ばあ》ちゃんは歳《とし》だから行くのが難しいって連絡《れんらく》があったし。

「分かりました……じゃあ鈴音さんも一夏さんも、今日はよろしくお願いします」

「任せなさい。素晴《すば》らしいママになってあげるわ」

「じゃああたしはなんだろ。お姉ちゃん？」

言いつつ、鈴音さんと一夏さんが僕の部屋から立ち去っていく。

なんというか、今日は少し騒《さわ》がしくなりそうだった。

※

身支度を整えた僕は、とりあえず自分の部屋から外に出た。階段を降りてアパートの正面に佇《たたず》み、鈴音さんと一夏さんの支度が終わるのを待つことに。

そうしながらふと、僕はかりん荘一階の、とある一室に視線を向けた。

（ゲーム廃人《はいじん》さん……）

このかりん荘には現状、僕を含《ふく》めて五人が暮らしているらしい。

僕、大家の鈴音さん、白ギャルユーチューバーの一夏さん、引きこもり気味で二面性のある作家のいなほさん、そしてまだ見ぬ住人である――ゲーム廃人さん。

ＦＰＳやＴＰＳ系のゲームが好きなようで、僕が春休みの間も割と毎日、夜中に階下から勝ちどきの咆哮《ほうこう》や敗北の慟哭《どうこく》が聞こえてくることが多々あった。

でも昨夜は静かだった気がする。夜中の雄叫《おたけ》びがなくて、まるで春休みが終わった僕のように規則正しい生活に戻《もど》らなきゃいけないという意志を感じたというか。

いずれにせよ、声からして若い女性なのは分かっちゃいるけれど、それ以外のすべてが謎だからゲーム廃人さんもわりかし怪《あや》しいよね。

もしかしたら《お姉ちゃん》かもしれない。

「――おまたせおまたせっ」

そんな折、カンカンカンと一夏さんがかりん荘の階段を降りてきた。いつものラフな格好ではなくて、女刑事《けいじ》さんみたいなパンツスーツ姿だった。

「じゃーん！　どうよ要っち、この格好！」

「すごくかっこいいと思いますっ」

心の底からそう思う。脱色《だっしょく》してる女性がスーツ着てるのってなんか様になるよね。

「うーん、あたしはかっこいいって言われるのあんまり好きじゃないかも」

「あ、すいません……僕が可愛いって言われるのが好きじゃないのと同じ感じですよね」

「ま、要っちは実際に可愛いけどね！」

そんなぁ……！

「でも今思えばあたしゃ鈴音っちってさ、入学式の会場に入れてもらえるのかな？」

「……それはまあ、僕の親戚《しんせき》でも名乗ればイケるんじゃないですか？」

「私は鋼《はがね》の意志でママを名乗らせてもらうわ！」

そんな言葉と共に鈴音さんが一階の自宅から姿を現したのが分かった。鈴音さんはパンツスーツ姿ではなくて、落ち着いたブラウスにタイトスカートを合わせた格好だった。

「さあ要くん、私のことをママと呼んでみて？　マミーでもいいわよ？」

「ヤですよ……」

「あらどうして？　私はもはや要くんのことを息子《むすこ》だと思っているのに（むぎゅ）」

「ナチュラルに抱《だ》き締めるのやめてもらっていいですか！」

「ママって呼んでくれたらやめてあげるわ」

地獄《じごく》のような交換《こうかん》条件を示されてしまった！

「呼んじゃいなよ要っち！　ついでにあたしのこともお姉ちゃんって呼んでみて！」

……お姉ちゃんか。

そういえば一夏さんも怪しいんだよね。

持ち前の明るい雰囲気《ふんいき》が《お姉ちゃん》のそれに一番近いから。

「もしかして要くん、私のおっぱいに包まれていたいからいつまで経《た》ってもママって呼んでくれないのかしら？　そんなに私のハグが気に入ってしまったのね。よちよち」

思索《しさく》に耽《ふけ》っていたらとんでもない誤解をされてしまったんだけど！

「へえ、要っちはおっぱいが好きなんだね」

「違《ちが》いますよ！」

「あ、お尻《しり》派なんだ？」

「そういうことじゃないんですけど！」

「え？　もしかして腋《わき》派なの？　ひえー、マニアックだにぇこのこの～っ！」

ダメだ、一夏さんの中で僕がどんどん変態になっていく……っ！

「ママ知らなかったわ……あなたが腋派だったなんて」

「鈴音さんは鈴音さんでママ役に入り込み過ぎないでください！」

あと腋派じゃないし！

「残念ながら入学式が終わるまで私はママよ。——ねえ一夏ちゃん、私は要くんのママに見えているかしら？」

「うーん……見えないこともないけど、鈴音っちがかなり若くして要っちを産んだような複雑な見られ方をするかも？」

「望むところだわ」

望んじゃダメぇ！

「さあ要くん、そろそろ時間が迫《せま》っているから行くわよ」

「……入学式では大人しくお願いしますよ？」

「善処するわ」

政治家か！

※

とりあえず結論から言うと、鈴音さんと一夏さんも参列出来た入学式は驚《おどろ》くほど順調に終わりを迎《むか》えた。鈴音さんが妙《みょう》な言動を取ることはなく、一夏さんも撮影に集中していたようで、僕の学校生活における汚点《おてん》が生まれるようなことにはならなかった。

入学式後——保護者は解散となった一方で、僕たち新入生は早速《さっそく》クラス分けが発表されて、自分が配属された教室に行くよう促《うなが》されていた。

僕は一年二組の所属となり、席は窓際《まどぎわ》の最後尾《さいこうび》だった。いわゆるアニメやマンガの主人公たちがいっつも座っている場所だ。作画が楽だからあそこに配置されるらしいね。

席に着いた僕は周囲を見やる。田舎《いなか》だけあって同中から進学した連中が結構居るのか、割とガヤガヤしていた。羨《うらや》ましい。僕はこっちに知り合い居ないからなぁ。

と、そう思っていると——

「はい、静かにしてくださいね」

教室の前方から、パンツスーツをビシッと決めた若いお姉さんが入り込んできた。

黒い髪《かみ》を長く伸ばしている、理知的なメガネをかけた美人さんだった。白いブラウスを押し上げるはちきれんばかりのおっぱいがけしからん感じで、男子の視線を集めている。

静かになった教室で、彼女は教壇《きょうだん》に立ちながら黒板に文字を記し始めた。

達筆で、『後川香奈葉』と。

「はい、皆《みな》さん初めまして。私はこの一年二組の担任を務めることになりました、後川香奈葉と言います。皆さんの学校生活をより良いモノに出来るように頑張《がんば》りますので、どうかよろしくお願いしますね？」

そう言ってにこやかに微笑《ほほえ》んだ彼女——後川先生をよそに、教室にはそんな先生を受け入れるかのような拍手《はくしゅ》が木霊《こだま》し始めていた。僕もぱちぱちと追随《ついずい》する。

美人で物腰《ものごし》が丁寧《ていねい》で、それでいてフランクな緩《ゆる》さを感じる人だからこれは人気が出そうだな、と思っていたら——

「はいはいっ、先生って彼氏居ますか！」

と、早速陽キャな男子生徒からそんな質問を食《く》らっていた。

先生はにこやかな表情を維持《いじ》しつつ、

「彼氏は居ませんよ」

「お、じゃあ俺にもワンチャンありますか！」

「ないですね」

「そんなぁ！」

キレッキレの返答に陽キャがショックを受けて、それに対して笑いが生まれる。

「でも私は頑張る姿が好きですので、そういった努力の姿勢を見せてもらえればチャンスは広がるかもしれませんね」

陽キャをフォローしつつ、先生は話を続ける。

「皆さんも、努力は大事ですよ？　報《むく》われないことの方が多いんだから努力なんてしなくていいや、とすべてを投げ出してしまえば、本当に何も報われずに終わってしまいますからね。たゆまぬ努力こそが、チャンスを呼ぶんです。ですから努力は大切にしてくださいね」

教師らしい話のまとめ方だった。先生が真面目《まじめ》でしっかりとした人柄《ひとがら》だということが伝わってくるようだ。

「さてと、では無駄話《むだ》はこれくらいにして、ここからは皆さんにも自己紹介《しょうかい》を行なってもらいましょうかね」

先生がそう言った瞬間《しゅんかん》「うわぁ」「えぇー」と教室内がどんよりとし始める。

僕も自己紹介は興が乗らない人間だけれど——……それより。

さっきからひとつだけ、気になっていることがあった。

後川先生の声、どこかで聞いた覚えがあるんだよね……。

※

「はい、じゃあ今日はここまでですね。本格的な授業は明日からですので、皆さん、そのつもりでお願いしますね」

自己紹介や後川先生のお話が終わって、新入生の僕たちはお昼で解散となった。

帰り支度《じたく》を整えた僕は、友達を作るために色々話しかけた方がいいのかなぁ、とか考えつつ、でもなんだか億劫《おっくう》というか、一人が気楽だから別にこのままでもいいか、と結局はそんな感じに帰結して、とりあえず教室から出て行こうとしたのだけれど、

「晋藤《しんどう》要くん、でしたっけ？　合ってますよね？」

廊下《ろうか》に出ようとしたところで、後川先生に声をかけられてしまった。

近くで見るとより美人で、スタイルもいいことが分かる。

「はい、僕が晋藤ですけど……」

なんで声をかけられたんだろう、とちょっと身構えてしまう。

「合っていたようでホッとしました。で、晋藤くんはこのあとお時間ってありますか？」

「時間ですか。まあありますけど……」

「じゃあここで立ち話もなんですから、これから生徒指導室に来てもらえますか？」

「え？」

な、なんでいきなり生徒指導室行きになってるの僕⁉

「ぼ、僕何かしましたか？」

「あぁいえ、何かを注意するのではなくて、個人的にお話があるんです。イヤなら無理強《むりじ》いはしませんけどね」

強制ではないのか……でもこうなると逆に気になってくるよね。

「だ、大丈夫《だいじょうぶ》です。お話を聞かせてもらいます」

「そうですか。じゃあ一緒《いっしょ》に生徒指導室まで行きましょう。こちらです」

こうして後川先生に先導されて、僕は生徒指導室までやってきた。

「どうぞ、そちらに腰掛《こしか》けてください」

「……失礼します」

パイプ椅子《いす》に腰掛ける。後川先生も対面に座った。

「さてと、まずは貴重な時間を拝借してしまって申し訳ないです」

「気にしてません。それよりお話ってなんですか？」

「担任となる上で、私は一年二組に所属する生徒全員の簡単な資料を拝見したのですが、その中でも晋藤くんの経歴が気になりまして」

「……何か変でした？」

「変といいますか、晋藤くんは本来都心で進学する予定でしたが、ご両親の急な転勤の影《えい》響《きょう》でこちらに入学前転校、という形なんですよね？」

「はい、合ってますけど……それが何か？」

「だとすれば、大変ですよね？」

後川先生は僕を気遣《きづか》うような表情を浮《う》かべた。

「都心からいきなりこの町ですから、精神的に参ったりしていないかな、と私は心配だったんです。大丈夫ですか？」

「それは全然大丈夫ですけど……」

と応じつつ、僕は察する。

この呼び出しって僕のカウンセリングみたいなモノなのだと。

後川先生は僕の事情を把握《はあく》し、心配してくれていたらしい。

だからこそ、このような場を設けてくれたってことか。

え？　いい人過ぎない？

「本当に大丈夫ですか？　人間関係はどうです？　周りに頼《たよ》れる人は居ますか？」

まだめっちゃ心配してくれてる……。こんなに美人な先生から心配されるのって、ちょっと嬉《うれ》しくて小躍《こおど》りしちゃいそうだ。

「頼れる人は祖父母と、あとは同じアパートの人とか、一応居るには居ます」

「居るのであれば良かったです。ですが、肝心《かんじん》の学校生活はどうでしょう？　まだ始まったばかりですけど、友達は作れそうですか？」

「それは正直分からないです……でも、友達は居ないなら居ないで別にいいかな、と」

「晋藤くんは一人が好きな人ですか？」

「一人が好きな人です。でも群れるのが嫌《きら》いってわけじゃなくて、自分が群れの中心になるなら別にいいんですけど、自分から群れに行くのは好きじゃないっていうか」

「要するに受け身なんですね？　人間関係において能動的ではない、と」

「ダメですか？」

「いえ、私もどちらかと言えばそういう感じですし。無理に友達を作るぐらいなら、一人で気楽に過ごした方がいいですよね。分かります」

後川先生は優《やさ》しく言いながら、

「でもやっぱり、学校での味方は一人くらい居た方がいいと思うんです。ですからこうしましょう。私が晋藤くんのお友達第一号になります」

「……——え？」

「あ、もしかしてイヤでしたか？」

「い、イヤというか……」

僕は今、ちょっとびっくりしている。

後川先生に対して、ちょっと《お姉ちゃん》っぽさを感じてしまったというか。気のせいかもしれないけれど、僕の孤独《こどく》を解消してくれるこの感じが、少し似ていた。

「どうかしました？」

「あぁいや、なんでもなくてですね……その、嬉しいですっ、友達を申し出てもらえて」

「じゃあ私がお友達第一号で構いませんか？」

「全然構いませんっ」

美人で優しい女教師とお友達って、年上スキー待望の展開じゃないか！

「あは、そうですか。じゃあこれからよろしくお願いしますね、晋藤くん」

「こちらこそっ」

かくして僕は、入学早々に華《はな》やかな学校生活の到来《とうらい》を確定させたのであった。

※

その夜――

久しぶりの学校で疲《つか》れた影響なのか、僕はがっつり昼寝《ひるね》して、すっかり日付も変わった真夜中に目が覚めた。空腹を解消するために近所のコンビニに出かけ、カップ麺《めん》とおにぎりを購入《こうにゅう》する。男はやっぱりカレーヌードルだよね。

やがてかりん荘の手前まで帰ってきたそんな折――

「――うがあああ仕事が本格始動したら案の定ゲームがそない出来んなったけぇ！」

悲痛な叫《さけ》びが、一階のゲーム廃人《はいじん》さんの部屋から聞こえてきたんだ。

ゲーム廃人と言いつつ、働いてはいるらしい。今日から仕事が本格始動してゲームのプレイ時間が減ったらしいけれど、この人は一体なんの仕事をしているんだろうか。

なんにしても、ぼちぼちご挨拶《あいさつ》がしたいよね。春休みのうちに挨拶しようと思っていたのに、いつ訪ねても基本的にゲーム中で、そうじゃなくても外出中で居なかったりで、顔を合わせることも出来ないままズルズルここまで来てしまっている。

表札がないから名前も知らないというね。

「――そんでも一戦やるけぇ！　忙《いそが》しくても一日一回勝負じゃゃ！」

ま、挨拶のタイミングは間違《まちが》っても今じゃないのだけは確かかな。夜中だし。

今日の夕方あたり、ゲーム廃人さんの帰宅を待ち伏《ぶ》せてみるのはアリかもしれない。

そう考えつつ、僕は自分の部屋に戻《もど》ってカップ麵をすすった。

それから朝まで暇《ひま》だったので、ひとっ風呂《ぷろ》浴びたあとは僕も自前のゲーム機を起動させて基本無料のバトロワＦＰＳを遊び倒《たお》すことになった。

※

「皆《みな》さん、おはようございます」

そして朝。

僕はあくびを嚙《か》み殺してホームルームの只中《ただなか》にその身を置いていた。

「今日から授業が始まりますので、しっかりと勉学に励《はげ》むようにしてくださいね」

教卓《きょうたく》の前で、後川先生がお話をしている。今日は足元がタイトスカートなので、昨日とは趣《おもむ》きが変わって良き、という感じだ。特にこちらに背を向けた時のお尻《しり》がヤバい。教育に悪過ぎて男子生徒がご起立を余儀《よぎ》なくされそうだった。黒タイツもなまめかしいし。

「ではホームルームを終わります。今日も一日頑張《がんば》りましょうね」

そう言って教室から出て行こうとする後川先生は、最後にちらりと僕を見て微笑《ほほえ》んでくれたような気がした。

周りには内緒で密《ひそ》やかなコンタクトをしてくれるこの感じはかなりクるものがあるよね。先生と生徒の禁断の関係というか。実際はただの友達ってことになっちゃいるけれど、それでも先生と友達っていうのも割とレアなケースに思えるし、他の男子生徒たちにちょっとした優越感《ゆうえつかん》を覚えてしまう。

やがて始まった授業をこなしていき、迎《むか》えたお昼休み。

僕は鈴音さん手製のお弁当を取り出し、一人で中庭のベンチに移動していた。教室が居づらいわけじゃなくて、どこで食べても構わない校風に興奮して外に出てきただけだ。小中学校は普通《ふつう》に給食だったからね、教室でしか食べられなかったし。

——と、

「晋藤くん、お一人ですか？」

いきなり聞こえたそんな声に振《ふ》り返ると、そこには後川先生が佇《たたず》んでいた。手にお弁当を持っている様子を見るに、どうやら先生も昼食タイムっぽい。

「お一人であれば、相席してもよろしいですか？」

「それは全然構いませんけど……もしかして気にして来てくれました？」

僕が一人だったら構ってあげよう、という気遣いの心を感じる。

「もしかして……迷惑《めいわく》でした？」

「いや、嬉しいです」

迷惑だなんてとんでもない。僕は今救われた気分だった。

「ではお隣《となり》に失礼しても？」

「是非《ぜひ》」

「あは、ありがとうございます」

にこやかに微笑みつつ、先生が隣に腰掛けてきた。

僕たちはそれぞれお弁当を開いて、おもむろに食べ始める。

「私以外のお友達はまだ出来ませんか？」

「そうでもないですよ。話す奴《やつ》らは何人か出来ましたし」

昼食にも誘《さそ》われたけれど、それを断ってここに来たという経緯《けいい》があったりする。

「それは良かったです。じゃあ私は早くもお役御免《ごめん》でしょうかね？」

「え、僕としてはまだまだ仲良くして欲しいですけど」

この関係は卒業まで続けてもらいたかった。

「そうですか？　それはありがたいですけど、教室には同級生の女の子が大勢居るわけですし、そちらと話している方が有意義なのでは？」

「教室の女子たちはちょっと……」

「どうしてですか？」

「だって僕のことを可愛《かわい》いって言ってくるんです……っ！」

これは鈴音さんが見越《みこ》した通りだったというか、まだマスコットのような扱《あつか》いこそされてはいないのだけれど、遠巻きに僕のことを見て可愛い可愛いって言っているのが聞こえてくるんだ。どうせならかっこいいって言ってくれればいいのに……。

「その点、先生は僕のことを可愛い系だとは思ってませんよね？」

「え？」

「僕って別に可愛い系じゃないですよね？」

「そ、それは……」

先生は僕から目を逸《そ》らしていく。あぁこの反応……もう言葉にされなくても分かっちゃうよね……どうやら先生も僕のことを可愛い系だと思っているらしい。

くぅ、マジで早く伸《の》びろ僕の身長！

「で、でもですよ晋藤くん、可愛い男の子というのは思いのほか需要《じゅよう》があるものですっ」

「……知ってます」

鈴音さんという存在がいの一番に頭をよぎった。

「そ、それに晋藤くんはこれから伸び盛《ざか》りかもしれませんしねっ。だからご飯をいっぱい食べましょう。あぁそうだ、私のししゃもをお裾《すそ》分《わ》けです！　カルシウム大事ですよ！」

僕は分けてもらったししゃもを頰《ほお》張《ば》る。冷めているけれど、ふっくらしてて美味《おい》しい。

「ししゃもがお弁当に入ってるって、なんかいいですね」

言いつつ先生のお弁当の中身を確《かく》認《にん》してみれば、ししゃもの他《ほか》にはかなり綺《き》麗《れい》な卵焼きやきんぴらごぼうなんかが入っていた。全体的に和風テイストだ。

「それって全部先生が自分で作ってるんですか？」

「一応そうですよ」

「へえ、先生って家庭的なんですね」

「（か、家庭的というか、表で見《み》栄《え》を張っているだけなんですがね……）」

「え？」

「な、なんでもありません。それよりほら、ご飯粒《はんつぶ》がついてますよ？」

先生が手を伸ばしてきて、僕の口元のご飯粒を取ってくれた。

わぁ、ついてたのか……恥《は》ずかしい。

「可愛いと言われたくないなら、こういうところもしっかりとした方がいいですね」

「確かに……」

と、先生の言い分に納得《なっとく》していると——

「あ、カナちゃん先生、新入生の男子とご飯食べてるの？」

「可愛い子だけど、禁断の関係になっちゃダメだよ～？」

目の前を通りかかった女子の先輩《せんぱい》たちが、先生をからかうようにそんなことを言ってきた。そっか、下の名前が香奈葉だからカナちゃん先生なのか。

「あなたたちね、教師をからかうものではありません。言われずとも妙《みょう》な関係にはなりませんから」

「だよねー。カナちゃん先生真面目《まじめ》だし」

「真面目の擬人《ぎじん》化だもんね～」

そんなことを言いながら、彼女たちは「そんじゃねー」と居なくなっていく。

「……真面目、ですか」

立ち去る先輩たちの背中を眺《なが》めつつ、先生が何か言いたげにぽつりと呟《つぶや》く。

まるで自分は真面目ではないのだと、そう反論したいかのような雰囲気《ふんいき》で。

でもそれが何を意味しているのかは分からなくて。

僕のお昼休みはそのうち——終わってしまうのだった。

※

それから午後の授業をこなして、迎えた放課後——

「あ、晋藤くん。帰宅の途中《とちゅう》ですか？」

「……先生？」

暮れなずむ空の下、僕は《お姉ちゃん》との思い出の場所であるひとけのない公園を訪《おとず》れていたのだけれど、そこに後川先生が現れたので驚《おどろ》いてしまう。

「こほん。改めまして晋藤くん、こんなところで何をしていたんですか？」

「え、えっとその……、散歩です」

本当のことを言えば、何か《お姉ちゃん》に関するヒントでも落ちてないかな、なんて考えてこの場を訪れてみたのだけれど、恐《おそ》らく《お姉ちゃん》にはまったく関係がないであろう先生にそれを明かす意味はないから、僕は誤魔化《ごまか》すようにそう答えていた。

「……先生こそ、どうしてここに？」

「ここは私の帰宅コースなんですよ。ちょっと遠回りなんですが、運動不足を解消するために少しでも歩くようにしているんです」

「なるほど」

「提案なのですが、帰路が分かれるまで一緒《いっしょ》に帰りませんか？」

「え？」

「ここでこのまま別れるのも寂《さび》しいですしね。晋藤くんが迷惑でなければ、ですが」

先生の提案を受けるか否《いな》か迷ってしまうけれど、この公園での収穫《しゅうかく》は特になかったから僕もぼちぼち帰ろうとしていたところではある。ちょうどいいし、先生と帰ろうか。

「じゃあ是非、お願いします」

「では行きましょうか」

先生と一緒に歩き出す。この時期の風はまだ冷たい。

「晋藤くんは」

「はい？」

「下校時に買い食いをしたことってありますか？」

「買い食いですか？」

いきなり妙なことを尋《たず》ねられ、僕は首を傾《かし》げてしまう。

「買い食いはまあ、ありますけど……それが何か？」

「私はしたことがなかったんですよね、学生時代に一度も」

「真面目な生徒だったんですね」

「そう、真面目でしたね」

真面目──先生はその言葉を強調するように言いつつ、吐《は》き捨てるように続けた。

「でもそれは、強《し》いられた真面目でした」

「……強いられた真面目？」

「親がね、厳しかったんです。勉強の役に立たないことは何もするなと、家の中でも、外でも、娯楽《ごらく》にまったく触《ふ》れさせてくれないような親だったんですよ」

「うへぇ、そんな親って居るんですね」

僕の親は僕の現状から分かる通りに放任主義だから、先生の気持ちは分からない。

でもイヤな親だろうな、っていうのだけはなんとなく理解出来た。

「私はね晋藤くん、そうした育ちを経てきたからこそ、確かに真面目なんです。真面目を板に付けさせられたとでも言いましょうか、学生時代は必ず生徒会の何かしらの役職に就《つ》いていましたし、無遅刻《ちこく》無欠席を小中高大すべてで成し遂《と》げました。ある人はそんな私を立派だと称《たた》え、またある人はそんな私を偉《えら》いねと褒《ほ》めてくれました」

「僕もそう思いますけど……」

「でもそれって、色々と犠牲《ぎせい》にしてきた結果なんですよ。分かりますかね？」

先生はどこか遠い目をしていた。

「確かに真面目であることは立派で偉いのかもしれませんが、それだけです。私より不真面目であろうと良い成績を出す人なんてたくさん居ましたし、むしろ理想と言えるのはそちらではありませんか？　人並みに遊びつつ、人並み以上の成績を残す。それなら青春も出来ますしね。ところが真面目なガリ勉ちゃんでは、いい成績しか残せません。それさえも残せない場合があります。それを思えば、多少不真面目の方がいいんです」

そう紡《つむ》ぐ先生を見て、僕は悟《さと》った。

先生は恐らく、真面目って言われるのがイヤなんだと思う。

自分の人生を総括《そうかつ》し、真面目はいいことじゃないって結論付けているがゆえに。

昼休みに真面目と言われて微妙《びみょう》な顔をしていたのはそういうことだったんだろう。

「でも先生は、そう言いつつも真面目な先生であろうとしてますよね？」

「そうですね。でもそれは学校だけでの話です。常に真面目でいる必要はない、プライベートでは多少不真面目でいいのだと、そう結論付けた私はもはや、私生活においてはそれなりに不真面目だったりします」

「ど、どんな感じにですか？　たとえば滅茶苦茶《めちゃくちゃ》えっちしてるとか……？」

「え、えっちはしません！　さすがにそういう不純な方向に行ってはダメです！」

不純なのはダメなんだ……。

「えっと……じゃあ先生はどんな不真面目さを身につけたんですか？」

「しょーもない感じの、人には言えないような趣味《しゅみ》が出来たんです」

「どういう趣味ですか？」

「ですから、それは言えません。でもいつか、それを受け入れてくれるような人と出会えたらいいなと、常にそう願っているんです」

そう語る先生は、どこか儚《はかな》げだった。

だから僕は——

「きっと出会えますよ」

と、後押しするような言葉を告げて、

「……ありがとうございます、晋藤くん」

先生はそれにお礼を言ってくれた。

そんな先生と一緒に、僕は帰路を歩き続けた。

※

それから一五分ほどが過ぎた頃《ころ》――

「…………」

「…………」

僕と先生は。

依然《いぜん》として一緒に歩き続けていた。

「せ、先生の家ってこっちなんですか？」

「し、晋藤くんこそ、こちらに家があるんですか？」

僕たちはなんだかむず痒《がゆ》い感じになっている。

お互《たが》い、そのうち別れる時が来るだろう的なテンションで話し歩いていたのに、いつになっても相手が「じゃあこっちなんで」と別れる素振《そぶ》りを見せないから、「なんなのこいつ、どこまでついてくるつもり？」みたいな微妙な空気をぶつけ合うことになっていた。

だいぶ気まずいというか、僕の人生史上最大の気まずさがここにあった。

早く来て別れ道！　僕はもう直線に歩くだけだから、先生にとっての別れ道はよ！

「ええと……晋藤くん、何かお悩《なや》みとかあったりしませんか？」

「な、悩みですか？」

「はい……その、ね？　不思議とまだ別れませんから、もう少しお話をと思って……」

当然ながら先生も気まずさを感じているらしい。

とりあえず乗っかっておこうか。会話がないよりはマシだよ。

「えっと……そんなに大した悩みじゃないんですけど」

「……はい」

「今暮らし始めたアパートで、まだ挨拶《あいさつ》出来てない住人さんが居るんです」

「なるほど……お隣《となり》さんですか？」

「いや、真下の人なんですけど」

「真下の方でも一応挨拶はした方がいいですよね。でもまだ出来てないんですか？」

「はい……タイミングが合わなくて」

「いつも留守になっているとか、そういう感じですかね？」

「いや、むしろゲーム廃人《はいじん》なんですよね、その人」

「あぁ……逆にいつも居るんですね？」

「そうなんです……僕が春休みの間も基本的にはゲームをやっていたようで、挨拶に行っても出てきてくれなかったり、かと思えば留守中だったりで、全然挨拶のタイミングが合わなかったんですよね」

「失礼な人も居たもんですね。そのような人には挨拶しなくてもいいのでは？」

「でも一応やらなきゃダメでしょうし。それにその人、仕事はしてるっぽいので、今日はもう遅《おそ》いので明日あたり帰宅を待ち伏《ぶ》せして挨拶しようかなって思っているんです」

「すごい行動力ですね。陰《かげ》ながら応援《おうえん》してますので頑張《がんば》ってください、晋藤くん」

「ありがとうございます」

と、お礼を言ったところで、かりん荘が見えてきた。

ふぅ、これでようやく無事にお別れが出来るね……。

しかし、そう安心していたのもつかの間——

「あ、そこが私のアパートなんですよ。そろそろ晋藤くんともお別れのようですね」

先生がかりん荘を指差しながらそう言い出して——ん？　と僕は思わず足を止めてしまう。

……え？　先生今なんて言った……？

「晋藤くん、足を止めてどうしました？」

「えっと……確認《かくにん》なんですけど、そこが先生のお住まいなんですか？」

「そうですよ。そのアパートが今の私の住まいですね」

「そうなん、ですか……」

となると、え？　ちょっと待って……。

鈴音さん曰《いわ》く、かりん荘には現在大家の鈴音さんも含《ふく》めて五人の入居者が暮らしているらしい。その五人っていうのはすなわち僕、鈴音さん、一夏さん、いなほさん——そしてゲーム廃人さん、なわけだけれど——

え？　ひょっとしてそういうことなの……？

「……晋藤くん？　本当にどうしたんですか？」

先生が心配そうに僕の顔を覗《のぞ》き込んでくる。

こんなにも真面目《まじめ》な人がそうであるはずがない、と思ってしまうのだけれど、でも先生はさっきプライベートではしょーもない趣味が出来たって言っていたし……。

「いや、その……」

だから僕はひとつの確信を得ながら、先生に向かってこう告げる。

「実は僕も……そのアパートに住んでるんですよね」

「へ？」

何を言っているの？的な表情を浮《う》かべ始めた先生は、しかし次の瞬間《しゅんかん》にはすべてを察したかのようにその顔色を青ざめたモノへと変えていく。

「ま、まさか……いえ、そんなはずが……っ！」

「……いや先生、そのまさかだったみたいです――」

そう、もはや疑いようもない。

越《こ》してきてからずっと顔を合わせることが出来ずにいたその人。

こんな出会い方だからこそ声を大にして言わせて欲しい。

「――あんたがゲーム廃人さんかよ！」

「いやああ……っ！」

知られたくない秘密を知られたかのように、先生の悲鳴が住宅地に木《こ》霊《だま》するのだった。

※

「申し訳ございませんでしたぁぁぁ……っ！」

物腰《ものごし》が丁寧《ていねい》な美人教師——後川香奈葉先生は、僕の下の部屋に住まうゲーム廃人さんだった……——そんな事実が発覚してから一分後、僕たちはかりん荘に帰り着いていた。

そして僕は先生の部屋に通されていた。ちょっと来てくださいっ、と言われて、もはや強制連行だった。

余計な調度品はなく、必要最低限の家具だけが並ぶ部屋は割と小綺麗《こぎれい》だけれど、カップ麵《めん》やペットボトルの空き容器が目立っていて、家での食生活は手軽に済ませているのだと分かってしまう。そんな生活臭漂《しゅうただよ》う部屋の中で、先生は僕に向かってなぜか謝っていた。

脚《あし》の低いテーブルを挟《はさ》んで先生と向かい合う僕は、多少困り顔で口を開く。

「な、なんで謝ってるんですか？」

「だって……——だってぇ！　私は晋藤くんにご迷惑《めいわく》をおかけしてしまいました！　ゲームに夢中で挨拶に応じなかったり、騒音《そうおん》もあったと思います！　さっきなんて他人行儀《たにんぎょうぎ》も甚《はなは》だしい状態で相談に乗ってしまい……嗚呼《ああ》、もうダメです。どう取り繕《つくろ》っても最低過ぎて私は自分自身がもうイヤです！　かくなる上は首を吊《つ》って——」

「や、やめてくださいっ！」

不穏《ふおん》な動きを見せようとした先生のそばに移動して、僕はその腕《うで》を摑《つか》んだ。

「た、確かに色々ありましたけど、僕は別に怒《おこ》ってないですし、謝罪はいらないです！」

むしろ、ようやく出会えたという謎《なぞ》の達成感が僕の中にはあった。

「……晋藤くんは、こんな私に幻滅《げんめつ》したりしてないんですか……？」

「全然してないです。なんなら、ゲーム廃人さんが先生で良かったって思ってるくらいですし」

「どうしてですか……？」

「そりゃ当然、仲良く出来るのが確実だからですよ」

もしゲーム廃人さんが先生じゃなくて、まったく別の他人だったら、また一から関係を構築しなきゃいけないし、そもそも関係が構築出来ずに終わる可能性もあるよね。

でもゲーム廃人さんは先生だった。これなら元々知り合いなわけだし、不仲でもないから、快適なアパート生活を送る上ではプラスの出来事だと思っていて――

「だから僕、今それなりに嬉《うれ》しかったりします」

「晋藤くんは……いい子なんですね」

「とある誰《だれ》かさんの影響《えいきょう》で、誰かを思いやれる人間になろうって決めてるので」

言いつつ、僕はふと問いかける。

「そういえば先生って、なんで僕に気付いてなかったんですか？」

「え？」

「先生なら僕の住所くらい知っててもおかしくないのに、さっき僕と同じタイミングで僕との関係性に気が付いたんですよね？」

「あぁそれはですね……、昨今は教育機関におけるプライバシーの保護が強化されていまして、少なくとも私は生徒の住所に関しては知り得ません。クラスの連絡網《れんらくもう》プリントに対して、電話番号を載《の》せて配るのはおかしい、とクレームが入る世の中ですからね」

「じゃあ先生は本当に僕がここの住人だとは……」

「ええ、知りませんでしたよ……だから本当に驚《おどろ》きました。でも、秘密を知られた相手が優《やさ》しい晋藤くんで良かったです」

秘密――それは真面目の反動。

自分で言っていたしょーもない趣味《しゅみ》。

――シューター系ゲーム廃人であるということ。

室内を見渡《みわた》せば、壁際《かべぎわ》にはゲーミングPCが何組も存在していた。

「……なんでこんなにPCがあるんですか？」

「プレイするタイトルごとにPCを使い分けているからですね。それぞれのタイトルに適した設定にカスタマイズしてあります」

「ガチだ……」

ガチガチのガチだ。普通《ふつう》はハイスペックなヤツがひとつあれば事足りるのに。

「晋藤くんはシューター系のゲームで遊んだりはしますか？」

「遊びますけど、僕はコンシューマーでプレイするカジュアル人間なので……」

「いいじゃないですか充分《じゅうぶん》ですよ。よろしければ今度一緒《いっしょ》に遊びませんか？　どのプラットフォームであろうとクロスプレイすれば問題ありませんからね」

先生はこちらへと向き直り、僕の手をぎゅっと握《にぎ》り締《し》めながら更《さら》に言ってくる。

「あ——そうそう、晋藤くんは架空銃《かくうじゅう》と実銃、どちらが好みですか？　私は撃《う》った時の音が気持ちよければどちらでもいいタイプの人間なんですけど、これはちょっとこだわりがなさ過ぎるのかな、と思うこともありまして、晋藤くんはどんな感じなんでしょうか？」

「あ、えっと……正直どっちでもいいかな、と」

架空銃と実銃の区別さえ付かないまま遊んでいるのが僕だった。

「ご、ごめんなさい……引いてますよね？」

先生が悲しげな表情でそう言った。

「……急に妙《みょう》なことを聞かれても、困りますよね？」

「あ、いや、引いてはいなくてですね——」

「大丈夫《だいじょうぶ》です、無理な慰《なぐさ》めはいりません……真面目の反動で入れ込み始めたこの趣味への熱量がおかしいことくらい、自分でも分かっていますから。ええそうですよ、普通の女性はこんなにPCを揃《そろ》えませんし、架空銃と実銃なんて区別さえ付かないでしょうし……」

でも、と先生は感情を込めて呟《つぶや》く。

「好きになってしまったんです……シューター系のゲームがどうしようもなく」

「――」

表の顔は真面目で、裏の顔は不真面目で。

先生はそんな裏の顔を大多数には隠《かく》しつつ日々を生きている。

本当は隠さずに過ごしたいのかもしれないけれど、残念ながら日本では先生の言う通りゲームという趣味はしょーもなさの代表格であり、だからこそゲームが好きな大人には多少厳しい目が向けられる。いい歳《とし》こいて何やってんの、的な。

だから基本的には隠すしかないけれど――しかし、僕は思うんだ。

「――好きなら好きでいいじゃないですかっ」

「晋藤くん……？」

「他人の目なんて気にせず過ごしましょうよっ。僕もその……自分より年上のお姉さんが好きっていう趣味があるんですけど、誰に何を言われようと変わる気はないですし」

だからってわけじゃないけれど、先生にこれだけは伝えておきたい。

「いいですか先生っ。他の誰が何を言ってこようと、僕だけは先生の趣味を受け止めてみせますっ。だからせめて僕の前でくらい、堂々としてもらえると嬉しいです！」

「――っ」

ハッとしたように僕を見て、先生は目元を潤《うる》ませていた。

若干頬《じやっかんほお》を赤く染めているようにも見えるけれど、気のせいだろうか。

「ありがとうございます、晋藤くん……じゃあその言葉を信じてこれからは、君の前では飾《かざ》らないままで居てもいいですか？」

「もちろんですっ」

「では晋藤くん――」

先生はそう言って僕にずずいっと顔を寄せてくると――

「――早速《さっそく》ゲームをやりませんかっ？」

「うえ？　で、でも先生、僕今日は宿題が――」

「一戦だけ！　一戦だけですから！」

「ほ、ホントに一戦だけですか？」

「ええ約束しますっ！」

そう迫《せま》ってくる先生に押し切られ、僕はこのあと某《ぼう》バトロワＦＰＳを一緒にやることに

なったのだけれど――

「――うおお敵がそっちに逃《に》げていったけぇ！」

「は、はいっ！」

「じゃけぇ遠慮《えんりょ》せずぶっ潰《つぶ》したったらええんじゃ！」

「は、はいィ！」

結局一戦だけでは終わらず一〇戦くらいプレイすることになったこと、そして先生は案の定ゲームの時だけ性格が変わるという事実を改めて知ってしまったのだけれど、それはここだけの話である。あと、勝った時に見せてくれる笑顔《えがお》が本当に可愛《かわい》らしかった。

――そして。

先生もこのかりん荘の住人だったわけで、そうなると先生が《お姉ちゃん》である可能性も出てきたと言えるのだった。僕の部屋の郵便受けに夜中、直接メモ用紙を投函《とうかん》しに来られるくらい、《お姉ちゃん》は近くに住んでいるらしいのだから。

でも証拠《しょうこ》がないので結局はまだなんとも言えなくて――

《お姉ちゃん》捜《さが》しはまだまだ、継続《けいぞく》中の看板を降ろせそうになかった。

幕間　《お姉ちゃん》との思い出　Ⅲ

『おねえちゃんって何かやってる人なの？』

ある日の、夕暮れの公園。

ひとけのないその場所で、ぼくはその日もおねえちゃんと遭遇《そうぐう》し、触《ふ》れ合っていた。

『何かやってる人？』

『うん、おねえちゃんって明るいし面白《おもしろ》いから、ぼくが知らないだけでもしかしたら有名人なのかなって』

そう告げると、ぼくを膝《ひざ》に乗せてブランコを漕《こ》ぐおねえちゃんは吹《ふ》き出すように笑った。

『私は別にそんなんじゃないよ～？　あくまで普通の女の子だもん。にひひ』

『そうなんだ』

『何よぅ、勝手に期待して勝手にがっかりしたとか？』

『ううん、なんか安心したかも』

『安心？』

『うん、おねえちゃんはぼくの寂《さび》しさをなくしてくれたすごい人だから、遠くにいるイメージだったんだけど、別にそうじゃないんでしょ？　ぼくと同じで、普通なんだよね？』

『そうだよ～、私は普通でございってね。でもいつか有名になってみたい気持ちは……うん、あるかもしれないかなぁ』

ぎぃぎぃ、と軋《きし》むブランコの接合部を眺《なが》めつつ、おねえちゃんはそう言った。

『なんで有名になりたいの？』

『私に価値が付けば、その知り合いである要《かなめ》くんの鼻が高くなるでしょ？』

『じゃあおねえちゃんはぼくのために有名になりたいの？』

『もちろん自分のためでもあるよ。私はね、私を変えたいんだよね』

『なんで？』

『はい「なんで責め」禁止ぃ～。女の子には秘密がいっぱいなんだから、それを詮索《せんさく》しちゃダ～、メっ♪』

いたずらっぽく言いながら、おねえちゃんは膝上のぼくを包むように抱《だ》き締めてくる。

『わっ……お、おねえちゃん？』

『えへへ～、要くんはまだ肌寒《はだざむ》い時期だと湯たんぽの代わりになるよね』

『……頭にあご乗せないでよ』

『ふぅん、背中に押し付けられてるおっぱいには文句言わないのかな～？』

『い、言うよ！』
『えぇ～、私が今指摘《してき》しなかったら黙《だま》って楽しむつもりだったんじゃないの～？』
『そ、そんなことないしっ！』
『ま、どっちでもいいよね。私がこうしたいんだからさっ』
そう言って更におねえちゃんがぎゅっとぼくを包み込んでくれる。
そのぬくもりがぼくを落ち着かせてくれる。
最初はただ、偶然《ぐうぜん》出会っただけのおねえちゃんだったけれど——
その偶然が、友達の居ないぼくの寂しさを解消してくれたんだ。
だから——
『おねえちゃん……ぼくね、おねえちゃんのことが好きかも……』
『へえ、そっかそっか～。いしし、ありがとねっ』
いつまでもこの時間が続いてくれればいいなって、そう願わずにはいられなかった。

第四章　冴木《さえぎ》一夏《いちか》は耐《た》え忍《しの》ぶ

「ねえ晋藤《しんどう》くん、今何をしているんですか？」

学校始業後の、最初の週末だった。とりあえず宿題を終わらせようと思って朝から勉強していた僕のもとを、後川《うしろがわ》先生が訪ねてきた。

休日の先生は極《きわ》めてラフな格好だった。

牛柄《がら》の着ぐるみパジャマ姿——。ゆるキャラの頭が取れて先生の尊顔があらわになっているような状態なので、ちょっとシュールというか……。

「……なんですかその格好？」

「あ、これですか？　むふんっ、マイフェイバリット部屋着に決まっています！」

「すごい趣味《しゅみ》ですね……」

さすがの某蛇《ぼうへび》さんでも「いいセンスだ」とは言ってくれないだろうね。

「じゃあその格好でＦＰＳもやってるってことですよね？」

「当然です。バチバチに撃《う》ち合っていますよ」

やるゲームを間違《まちが》ってる感が半端《はんぱ》ない。その格好に似合うのは恐《おそ》らくどう○つの森だ。

「で、晋藤くんは今何をしているんですか？」

「今は宿題ですね」

「でしたら少し教えてあげますので、お邪魔《じゃま》してもいいですか？　そして宿題を終わらせたあとは一緒《いっしょ》にゲームをやりましょうね？」

メガネの黒髪《くろかみ》美人教師からニカッと微笑《ほほえ》まれながらそう言われて断りきれる男なんて居るのだろうか。いや居るはずがないね。

「いいですよ。どうぞ入ってください」

「──あら嬉《うれ》しい。じゃあお邪魔するわね？」

と、いきなり鈴音《すずね》さんが目の前に現れたので僕はびっくりした。

「うわぁ……！」

「どうしたの要《かなめ》くん？　私が保有する要くんへの愛の大きさに驚《おどろ》いているのかしら」

「神出鬼没《しんしゅつきぼつ》具合に驚いているんですが！」

微塵《みじん》も気配がなかったのにどっから迫ってきたんだ！

「要くんはこれから何をしようとしていたのかしら。え、日曜の朝から女教師とふしだらな授業ですって？　それはダメね。要くんを守る隊の名にかけて監視《かんし》させてもらうわ」

「か、勝手に話を飛躍《ひやく》させないでください！」

要くんを守る隊ってそもそもなんだよ！

「要くんを守る隊は私が取り仕切っている秘密結社よ」

心を読むな！　あと何気にヤバい組織だった……っ！

「メンバーは絶賛募集中《ぼしゅうちゅう》よ。まあ全部嘘《うそ》なんだけどね」

嘘かよ！

「──邪魔です、そこの淫乱《いんらん》デカパイ女」

鈴音さんに翻弄《ほんろう》される僕をよそに、先生が鈴音さんにガンくれていた。

「私と晋藤くんはこれから真面目《まじめ》に宿題をこなそうとしているんです。それを面白おかしく掻《か》き乱そうとする脳内桃色《ももいろ》大家は大人しく軒先《のきさき》でも掃《は》いていたらどうでしょうかね？」

先生口悪いな！

「あら〜何か言ったかしら香奈葉《かなは》ちゃぁん？」

鈴音さんめっちゃ笑顔でピキピキしてる！

「端的《たんてき》に言えば失《う》せろと言ったんです。軒先の掃除《そうじ》がイヤなら部屋で大人しくソシャゲでもやっていたらどうですか？　あんなポチポチの何が面白いのか分かりませんがね」

「あら、ソシャゲを馬鹿《ばか》にしないでちょうだいな。そっちこそ銃撃《じゅうげき》ゲームばっかりやっているけれど何が面白いのかしら？　あんなの全部同じじゃないの？」

「ふんっ、同じではありません。脳死で突《つ》っ込んでいけるタイトルもあれば戦術を練らなければ勝てないタイトルもあるんです。何より、ＦＰＳやＴＰＳにはプレイヤースキルが必須《ひっす》ですし」

「ソシャゲにはプレイヤースキルが要《い》らないとでも？」

「要らないと思いますが？　お金と時間が物を言うのがソシャゲです。だからあなたのようにお金を持て余した暇人《ひまじん》が頂点に行けるんですよ」

「あら、お金と暇さえあれば誰《だれ》でも頂点に行けるのがソシャゲの素敵《すてき》なところなのに」

……なんかガチめの喧嘩《けんか》が繰《く》り広げられていた。この二人ってもしかして仲悪い？

「あひゃー、やってんねえ……」

その時、一夏さんもこの場にやってきたのが分かった。

「要っちの部屋がうるさいと思ったら鈴音っちと香奈葉っちが揃《そろ》ってるんじゃん。道理でうるさいわけだよ。うむうむ」

喧嘩する二人の合間を通って、見目麗《みめうるわ》しい白ギャルお姉さんが僕に近付いてくる。

「あの……鈴音さんと先生って仲が悪いんですか？」

「まあこの二人ってソシャゲ愛好者とガチゲーマーだからさ、相容《あいい》れない部分があるっぽいんだよ。いわゆるドッグモンキーの仲ってヤツだね。あるいは水とオイル」

「……なんで中途半端《ちゅうとはんぱ》に英語で言ったんですか？」

「いやほら、懐《なつ》かしのルー語だよね」

「ルー語……？」

「わお、もう今の子には通じないのか～。悲しいね。ところで要っちって今日は暇？」

「えっと、宿題さえ終われば暇ですけど」

「ホントにっ！　じゃあ宿題が終わったらちょっち付き合って欲しいことがあるんだけどさ、どうかな？　付き合ってもらえないかな？」

「──ちょ～っと待ちなさいな一夏ちゃん！　要くんへの抜《ぬ》け駆《が》けは禁止よ！」

「──そうです！　火事場泥棒《かじばどろぼう》はやめてもらえませんかね！」

あ、こういう時は息合うんだ……。

「何よぅ二人とも！　っていうか火事場泥棒って酷《ひど》くない？　二人が無駄《むだ》な喧嘩しててて要っちを無視してるから声かけただけじゃん！」

「ショタへの声かけは事案よ。私の目の前でそれは許されることじゃないわ」

鈴音さんの存在が一番事案なんですが！

「そもそも宿題終了《しゅうりょう》後の晋藤くんとはすでに私が予定を取り付けているんです。ふふん、選ばれたのは私なのですから、冴木さんは横取りを自重してくださいね？」

「くぅ、香奈葉っちの何気ないイキリがめっちゃムカつくけど、そういうことなら一人でやるしかないかぁ……でも一人だと難しいんだよねぇ……」

一夏さんはしょぼんとした表情で肩《かた》を落としていた。

「ちなみに僕を誘《さそ》って何をやる予定だったんですか？」

尋《たず》ねると、一夏さんはのそっと顔を上げた。

「あぁえっとね、動画の撮影《さつえい》を手伝ってもらおうかな〜って」

「晋藤くんの若い感性を参考にしたいということですか？」

「まさにそゆこと！　だから手伝って欲しかったんだけど〜、んー……香奈葉っちが先客なら仕方ないかなぁ。でも香奈葉っちが譲《ゆず》ってくれたら嬉しいんだけどなぁ〜？」

チラっ、チラっ、と一夏さんが先生に媚《こ》びるような目線を送り始めていた。

先生は暫時《ざんじ》、その目線を呆《あき》れたように眺めていたものの――

「はあ、いいでしょう……分かりましたよ、譲って差し上げます。ですからその鬱陶《うっとう》しいチラチラはやめてください」

「えっ、いいの？」

「いいと言いました。私は早く冴木さんに天下を取ってもらいたいんです。いつまでも微《び》妙《みょう》なユーチューバーとしてくすぶったままで居られると、寝覚《ねざ》めが悪いですからね」

多少キツく聞こえるけれど、その実態は温かな言葉だった。

恐らく先生の方が年上なんだよね。だから親心というか、それこそ、少し不出来な生徒を導いてあげる教師のような心情で、先生はそう言ったんだと思う。

「うぅ……ありがとう香奈葉っち！　絶対いつかビッグになってみせるからね！」

一夏さんは涙目《なみだめ》で嬉しそうにしていた。

今思えば僕の意志は完全に無視された上で僕の宿題後の行動が勝手に色々と変更《へんこう》されているんだけれど……――まあいいか。

一夏さんのことはまだ色々と知らないことが多いし、《お姉ちゃん》かどうかを探《さぐ》るためにも今日一日密着してみるのは大事かもしれない。

……一夏さんの賑《にぎ》やかな雰囲気《ふんいき》は一番《お姉ちゃん》に近いからね。

そう考えつつ、僕はまず宿題を終わらせることにした。

※

「そういえば一夏さんのチャンネルってどんな感じなんですか？」

先生に指導されつつ、鈴音さんや一夏さんには邪魔もとい応援《おうえん》されながら、おおよそ一時間ほどかけて僕は宿題を終わらせた。

「あたしのチャンネルがどんな感じかって……──えっ？　もしかして要っち見てくれてないのっ!?」

「な、なんというか、知り合いのそういうヤツって見るの恥《は》ずかしくないですか？」

「あたしは別に恥ずかしいことなんてしてないよっ！」

ぷんぷんっ、と少し怒《おこ》った様子の一夏さんだった。

ノートや教科書を片付ける僕をよそに、鈴音さんがそんな一夏さんに釘《くぎ》を刺《さ》す。

「確かに今は恥ずかしいことでもないでしょうけれど、このまま伸《の》びることなく一夏ちゃんが年老いていけば周りの目は厳しくなるでしょうね。定職に就《つ》かないままそっちの道を選ぶっていうのは、要するにハイリスクハイリターンのギャンブルなんだもの。勝つことが出来れば華《はな》やかな道を歩けるけれど、負ければひたすらに悲惨《ひさん》よね」

「うっ……わ、分かってるもん！　だから勝つためにどうにかしようと思って要っちに応援を要請《ようせい》したわけだしっ」

言いつつ、一夏さんはスマホを取り出し始める。

「それより要っちにあたしのチャンネルを見せてあげるね！　ほら、これっ！」

自身のチャンネルページを開いて、一夏さんがそれを僕に見せつけてきた。

「どれどれ、私も見たことがないので見させていただきましょうかね」

「えっ！　香奈葉っちも見たことなかったの！　応援してるっぽいこと言ってたのに！」

「応援はしていましたが、見てはいなかったというだけのことです」

「なんかそれ一番薄情《はくじょう》なヤツじゃん！　まあいいけど！　じゃあ見て見てっ！」

そんな感じで、僕は先生と一緒に一夏さんのスマホを覗《のぞ》き込む。

チャンネル名はシンプルに『イチカのお部屋』。

動画は二年くらい前から週二ペースで投稿《とうこう》されているらしい。動画内容は大体、一夏さんが自室で何かを喋《しゃべ》っているか、もしくはモザイクがかかった鈴音さんや先生、いなほさんへのドッキリ動画、あるいは町の散歩動画が大半だった。

「ちょっ、私いつの間にか出演しているじゃないですか！　たまにあるドッキリはこのためだったんですね！」

「そだよ」

「お給金を請求《せいきゅう》します！　お助け料一億万円です！」

「そんなぶりぶりざえ〇んみたいなこと言わないでよ～。あたしと香奈葉っちの仲じゃ～ん？」

と、一夏さんと先生がわちゃわちゃ言い争っている一方で、僕は肝心《かんじん》のチャンネル登録者数を確認《かくにん》してみた。

「ん……一万五〇〇〇」

「ねえ要くん、それってやっぱり少ないのかしら？　私ってこういうのには疎《うと》いからそのあたりの基準がよく分からないのよね」

「まあ……少なくともトップ層ではないです」

でも一万五〇〇〇という数字は、僕が思っていたより多いのも事実だった。三桁《けた》も覚悟《かくご》していたから、この誤算に関しては正直お詫《わ》びして訂正《ていせい》したい。やっぱり一夏さんほどに明るくて可愛《かわい》い白ギャルが顔を出していれば、食いつく人はそれなりに居るってことだよね。

「ま、あと一〇倍は欲《ほ》しいかなっ」

一夏さんが鼻息荒《あら》く言った。

「登録者数が今の一〇倍になって、再生数も一〇倍になってくれれば、とりあえず最低限食べていけるようにはなるはずだしっ」

「でもその一〇倍にするのが大変なんじゃないかしら？」

「そうなんだよねぇ……。要っち大先生はどうすれば伸びると思う？」

「……大先生はやめてください」

僕だって言うほどユーチューバー事情に明るいわけじゃないんだし。

「ええと、一夏さんってツイッターはやってないんですか？　要望とか届いてません？」

「ツイッターはやってるよ！　もっとバンバン顔を出して欲しい、みたいな意見はよく見るかなあ」

やっぱり望まれているのはそういう方向性だよね。いいかどうかはさておいて。

「要っちもあたしがもっと顔を出した方がいいと思う？」

「まあ……推奨《すいしょう》するかどうかは置いといて、一夏さんは可愛いですからね」

「か、可愛いかな……？」

「僕は可愛いと思います」

陽オーラバリバリの金髪《きんぱつ》白ギャルお姉さん——その容姿自体がすでに可愛いんだけれど、実は耳とかにピアス穴がなくて、メイクも薄《うす》めだから遊んでいる感じが弱くて、むしろ節々に本当はいい子なんじゃないかオーラが漂《ただよ》っていたりして、その匂《にお》い立つギャップが一夏さんの魅力《みりょく》だと思うんだ。

「や、やめてよもぅ！　ハズいし照れるしっ。要っちの方が可愛いと思うし！」

「同感ね。要くんの方が可愛いと思うわ。——あ、そうよ。いっそのこと要くんをユーチューバーデビューさせるというのは——」

「イヤです！」

「あら残念。でも要くんの愛らしさは私だけが独占《どくせん》しておきたいから、確かにデビューなんてさせない方がいいわよね……ふふ、うふふ」

や、やっぱりデビューして全世界にＳＯＳ信号でも発信しようかな……。

「ところで、冴木さんを前面に押し出すと言っても具体的にはどうするんですか？」

「まあ……これからアップする動画の内容を一夏さん推《お》しにすればいいだけかと」

あまり気乗りはしないけれど、一夏さんの動画は現状だと中途半端だ。お喋り動画は本当にどうでもいい話を映《は》えない自室で撮《と》っているだけだし、ドッキリ企画《きかく》はドッキリ対象の鈴音さんたちがメインになっている挙げ句にその三人がモザイクつきで誰《だれ》かも分からないから面白《おもしろ》くないし、散歩動画も町の紹介《しょうかい》がメインになっていて一夏さん要素が薄い。

「け、結構めたくそに言うね要っち……」

「でもこんな動画内容でも一万五〇〇〇人も登録者数が居るってことは、それってやっぱり一夏さん自身に魅力があるってことなんですよ」

だから一夏さん自身をもっと前面に押し出すべき、なのは正しいとは思うけれど……。

「……動画の一覧を見る限り、一夏さんってライブ配信はやってないんですよね？」

「うん、なんかライブ配信って緊張《きんちょう》しそうだし」

「でも一夏さんほどの容姿があれば、顔出しでゲーム実況《じっきょう》とかやれば一気に伸びそうに思えるというか。それこそ、伸びて企業《きぎょう》の広告塔《こうこくとう》にでもなれば収入も増えますし」

「ゲームの広告塔と言えばやっぱり高○名人よね」

「誰ですかそれ？」

さっきの一夏さんもだけど、急に僕に伝わらないネタをぶっ込んでくるのやめて欲しい。

「え、○橋名人を知らないですって？　う、嘘《うそ》よね……？　一六連射よ？」

「何を一六連射するんですか？　下ネタはちょっと……」

「下ネタじゃないわ！　ボタンを一秒間に一六連射出来るのが高○名人なのよ！」

「へえ……」

すごいのはすごいんだろうけれど、すごさがイマイチよく分からないマイナーギネス記録みたいだな、と僕は思うのであった。

「要くんの反応が薄過ぎるわ……あんなに一世を風靡《ふうび》したのに」

「まあ今の子には伝わらないんですよ、これも時代と言えます。ですから桃色《ももいろ》おばさんは黙《だま》ってバブリーな時代にでも思いを馳《は》せていてください」

「香奈葉ちゃぁん？　私はまだ普通《ふつう》に二〇代よ～？」

あぁ！　また鈴音さんがピキピキしてる！

「ま、なんにしてもあたしにゲーム実況は難しいかなぁ。あたしってゲーム得意じゃないからね。知識もないし」

喧嘩《けんか》し始めた鈴音さんと先生をよそに、一夏さんはそう言った。

「じゃあ一夏さんって声いいですし、ASMRとかどうですか？」

「あさむら？」

「誰ですか。無理に日本語読みにしなくていいんですよ……」

ASMRはそのままエーエスエムアールだ。なんの略かは知らないけれど、一般《いっぱん》的には立体音響《おんきょう》下における音遊びがそう呼ばれるらしい。

安眠耳掻き《あんみんみみか》と銘打《めいう》ってASMRを行なうVの者も目立つよね。

「あさむらって言ったのは冗談《じょうだん》だよ。ASMRくらいあたしも知ってるってば」

「だったら、ああいうのやってみませんか。いい声の女性が耳掻きASMRをやると登録者数が伸びるっぽいですよ？」

サムネイルをパッド詰《つ》め詰めの爆乳《ばくにゅう》ドアップにしておくと更《さら》に効果があるっぽい。まあ実際に爆乳の人も居るみたいだから、みんながギニュー特戦隊とは言えないんだけれど。

「ASMRかぁ。でもあれって特殊《とくしゅ》な機材が要《い》るんじゃないっけ？」

「ですね。専用のマイクとか欲しいと思います」

「安いのかな？」

「確か安くても諭吉《ゆきち》が最低一〇人は必要な部類だったかと」

「うへー、それは高いよぉ～……」

「めちゃくちゃ音がいいヤツだと一〇〇万円って聞いたことがありますね」

「よしっ、ASMRはやめよう！」

一夏さんは高らかにそう言った。まあ初期投資が高いと躊躇《ちゅうちょ》しちゃうよね……。

「でもそうなると……どうしますか？」

ゲーム実況は難しい、ASMRも難しいってなると、あとは……。

「……料理って出来ますか？」

「カップ麺《めん》なら三分で出来るよっ☆」

「それは料理じゃないです！」

この感じだと料理も難しいよね！

自分の趣味《しゅみ》を前面に押し出してマニアックな動画をあげる人も居るけれど、これまでの一夏さんを見る限りそういった趣味もなさそうだしなぁ……。

「ねえそういえば、ユーチューブってコメント欄《らん》があるわよね？　そこの人たちは何か言ってないのかしら。ツイッターとは別の切り口で参考になったりはしないの？」

先生との口論を切り上げた鈴音さんが、不意にそう言った。

確かにコメント欄の意見も見ておくべきかもしれない。

僕たちは早速《さっそく》、数ある動画のコメント欄をチェックし始める。

「なんか……脱《ぬ》いで、とか、裸《はだか》見たい、とか、そういうのが多いわね」

欲望が丸出し過ぎて逆にすがすがしいコメント欄だった。

「どうするんですか、冴木さん。まともな意見がなさそうですけど……」

先生が呆《あき》れて呟《つぶや》く中で、一夏さんはしかしふむふむと納得《なっとく》したように頷《うなず》いていた。

「いや、いっちょそういう声に応《こた》えたろうかなぁって感じだよね」

「まさか脱ぐおつもりですか？」

「まあ脱ぐって言ってもせいぜい水着だけどね。その手の需要《じゅよう》がありそうなのは薄々感じてたからさ、ちょうどいい機会かも」

つまり――もはや身も蓋《ふた》もない水着披露《ひろう》作戦、というわけか……。

確かに一夏さんがやれる企画の中で、水着動画に勝《まさ》るネタはないとは思う。

ただし諸刃《もろは》の剣《つるぎ》というか、それをやるからには継続《けいぞく》的に水着をアピールしていかないとダメだと思う。一度だけやってハイ終わり、だと以降の動画が物足りなく思われて数字は伸《の》びないだろうし。それを理解しているなら水着ネタは最善手だろうけれど……うーん。

「……一夏さんはホントにそれでいいんですか？」

「オールオッケーだねっ。視聴者《しちょう》の声に応える、これ大事！」

一夏さんに迷いはなさそうだった。だったら僕から言えることはないか……。

「それにほら、水着だったらすぐに用意出来るし、体には自信あるし！　あっ、でもどこで水着を披露すればいいかな？　海はまだ早いし、部屋で水着になるのは味気ないよね」

「少し遠出すれば屋内プールがあったと思いますが、そこで撮ったらどうです？」

「ナイスアイデアだよ香奈葉っち！　——よしっ、じゃあ要っちーっ、あたしの車で屋内プールにレッツゴーだよ！」

「やっぱり僕も行くんですか？」

「むふんっ、とーぜんだよね！　男の子の目線で撮影《さつえい》してもらわないとクオリティは高まらないと思うし！」

「であれば、私も行くわ」

鈴音さんも？

「だって要くんが一夏ちゃんの体に魅了《みりょう》されないよう見守らなきゃいけないものね」

「でしたら私も行かせていただきます」

先生までっ⁉

「晋藤くんが不純異性交遊に巻き込まれないよう桃色大家を監視《かんし》しないといけませんので」

「いえーい！　じゃあみんなで出発だねっ！」

そんなこんなで、僕たちは出かける準備を整えるためにひとまず解散となった。

一人になった部屋の中で、僕は身支度《みじたく》を整えた。それから部屋を出ると——

「あ、いなほさん」

一夏さんと対《つい》を成すもう一人の隣人《りんじん》、インドア作家のいなほさんが僕と同じタイミングで外に出てきたところだった。このかりん荘の住人では唯一《ゆいいつ》僕より小柄《こがら》なお姉さんだ。

たまにコンビニで会うくらいで、まだ接点はあまりない。

今日も芋《いも》ジャージ姿で、目元が隠《かく》れるくらいの黒髪《くろかみ》も変わっていないけれど、しかしその手にはトートバッグが持たれていた。コンビニで会う時には見ない荷物だった。

「おはようございます。どこかにお出かけですか？」

「ぁ……ぇと……」

いなほさんはオドオドした面持ちでスマホを取り出し始める。そして素早《すばや》いフリック入力を見せたのちに、その画面を僕に提示してきた。

『いなほの大冒険《ぼうけん》が今始まるんよ！ヽ(°Д°)ﾉ』

「なるほど、やっぱりお出かけするんですね？」

『宵闇《よいやみ》の彼方《かなた》へな(*ﾟ∀ﾟ*)』

いなほさんは口下手だけれど、文字で語ると饒舌《じょうぜつ》になるんだよね。別人レベルで。

「あ、そうだ。これから僕たちもみんなで出かけるんですけど、ご一緒《いっしょ》にどうですか？」

『いなほはパスかな。今言った通り用事があるんよ（´・ε・`）』

「じゃあいつか一緒に出かけましょうね」

『ほうほう、そうやって女を口説くんよ？（・∀・）　勉強になるわあ』

「べ、別に口説いてるつもりじゃ……！」

『こんな干物女にも手ぇ出そうとするなんて君くらいのもんやでしかし（ﾟДﾟ）』

「だからそういうつもりじゃないですって！」

『どうだかねえ。ま、とにかくいなほは出かけるんよ！　またね～（´・ε・`）』

いなほさんはそう入力し終えると、僕に小さく手を振《ふ》ってから出かけてしまった。

……思えば、いなほさんだけが謎《なぞ》多きままなんだよね。

一番の謎だった先生とはもう仲良くなれてしまったし。

でもま、今はとにかく一夏さんの件に集中しておこう。

※

「——到着《とうちゃく》っ！」

一時間後。僕たちを乗せた一夏さんの車が、屋内プールの駐車場《ちゆうしやじよう》で停止した。

「ふぅ、免許《めんきよ》取ってから他人を三人も乗せたことってなかったから意外と緊張《きんちよう》したよね」

「あら、別に事故っても良かったのよ？　私の愛が要くんだけは無傷で生還《せいかん》させたでしょうからね」

どういうことなの!?　だからって事故っていいわけもないし！

「そういえば鈴音っちってもうショタコンを隠そうともしてないよね？」

「すべてをさらけ出して生きたいじゃない？」

鈴音さんはさらけ出し過ぎだと思う！

「——あ、大変。この時間からガチャイベが始まるのをすっかり忘れていたわ。ごめんなさい。私を残してみんなは先に行っててもらえるかしら？」

本当に自由気ままな人だな！

「じゃ、鈴音っちを残して先行こっか」

僕と一夏さんと先生は車を降りた。

目の前の屋内プールは割と立派な施設《しせつ》で、ウォータースライダーとかもちゃんとあるらしい。これなら撮影を除いても普通《ふつう》に楽しめそうだ。

「しかし今思うと、晋藤くんはこれでよろしいので？」

「なんのことですか？」

屋内プールの入り口に向かいながらの会話。

僕が問い返すと、先生は言葉を続けた。

「せっかくのお休みだというのに、こんな年上たちとお出かけして楽しいんですか？」

「あ、それあたしも気になってた。要っちに無理させてるんじゃないかなって」

「晋藤くんに限らず、学生時代の休日は貴重ですからね」

「どうなの要っち？　イヤなら帰ってもいいよ？　動画より要っちの方が大切だからね」

「心配には及《およ》ばないです。全然イヤじゃないので」

本心からの言葉だった。

「僕は大人のお姉さんに構われるのが好きですからね」

「確かにこの間、晋藤くんはそのようなことを言っていましたね」

「へぇ～、要っちは年上が趣味なんだ？」

一夏さんがニヤニヤし始める。

「じゃあさじゃあさ、たとえばあたしたちの中では誰《だれ》が一番好みなの？」

「の、ノーコメントで……」

「えぇ～、それは卑怯《ひきょう》だなぁ～」

一夏さんは僕の肩《かた》に腕《うで》を回してくると、そのまま僕の耳元に口を寄せ――

「じゃああたしのセクシーな水着姿で誘惑《ゆうわく》して、あたしが一番って言わせてあげるから」

そう囁《ささや》かれ、僕はドキッとしてしまった。

「あ、要っち赤くなってるっ。いしし、可愛《かわい》いなぁもぅ」

一夏さんが僕を抱《だ》き寄せ、むぎゅっとしてくる。

僕は小動物じゃないんだからそう簡単にハグしないで欲しい……。

でもこの感じはなんだか《お姉ちゃん》のようで落ち着いてしまう。

「――ふ、不埒《ふらち》ですっ」

そんな中、先生が顔を真っ赤にして手をぱたぱたさせていた。

「冴木さんっ、晋藤くんへのハグを即刻《そっこく》取り止《や》めてください！」

「何かな香奈葉っち？　妬《や》いてるの？」

「違《ちが》いますっ。不純だからやめろと言っているんです！」

「いいじゃんこれくらい！　ね、要っち？　ボディタッチが激しい女子の方が要っち的に嬉《うれ》しいでしょ？　あ、でも勘違《かんちが》いしないでね？　誰にでもこんなことはしないんだよ？

これは要っちにだけの特別だもんっ。逆に香奈葉っちはなんか真面目《まじめ》ビッチっぽいよね」

「ふ、ふんっ、何をおっしゃっているのやら。私は驚《おどろ》くほどに清いのですがね。もはやキヨキヨの清正です」

「ほーん。清さでイキってるところ悪いけど、清いってどの程度ですかな？　男性経験皆《かい》無《む》ってことですかな？」

「な……っ！　か、皆無のはずがないでしょうに！」

「あは～、この慌《あわ》てぶりは皆無ですなぁ。墓穴《ぼけつ》掘《ほ》ったね香奈葉っち？」

一夏さんは楽しそうだった。ていうかこの会話聞いてていいのかな……。

「でも別にいいじゃんね。皆無の方が男ウケはいいんだし。そうでしょ要っち？」

「の、ノーコメントで……」

「ちょっと要っちさぁ、さっきからノーコメントマンになっちゃってるよ？」

「だ、だって答えにくいですし……っ！」

「素直になっちゃいなよユー！　どうせ要っちもユニコーンなんでしょ！　可能性の獣《けもの》なんでしょ！」

「ち、違いますしっ！　これはマジで違います！　正直に言っちゃうと僕は人妻もいいなって思ってる人間なので！」

「わーお……」

やっちまった、って思ったけれど、時すでに遅《おそ》し。

一夏さんと先生が呆気《あっけ》に取られた表情で僕を見つめている。

やがて僕は生温かい眼差《まなざ》しを浮《う》かべ始めた一夏さんにポンと肩を叩《たた》かれ、

「そっか……要っちはレベルが高いんだね」

と、慰《なぐさ》めにもならない言葉をいただくハメになった。

※

僕の嗜好《しこう》が大々的にお披露目《ひろめ》されたその後、僕たちは屋内プールへと無事に入場し、それぞれ着替《きが》えを行なうことになった。

僕の水着はこの間鈴音さんからもらったトランクスタイプのヤツで、それに着替えたあとはプールサイドで一夏さんと先生を待ち始める。

日曜なので全体的に混んでいるけれど、結局は地方の一施設だから都会の混雑に比べればどうってことない。ウォータースライダーも少し並べば滑《すべ》れるっぽいし。

「──要っちぃー！　お・ま・た・せ！」

待ち始めてから数分後、そんな言葉と共に僕は背後からガバッと抱《だ》き締《し》められた。

「何かなそんなに可愛い声出しちゃって～！　うりうり～！」

振り返るまでもなく、その抱きつきの犯人は一夏さんだった。さっき抱き寄せられたときと違って、ぴたりと肌《はだ》と肌が触《ふ》れ合う感覚があった……！

そ、そりゃそうだよね一夏さんも水着だろうし……じゃあこの背中に当たってるぷにぷにの感触《かんしょく》って、水着からはみ出たおっぱいの一部……っ⁉

「さ、冴木さんっ、あなたはどうしてそう不純を繰《く》り返すんですか！」

一夏さんに続いて、先生の声も聞こえてきた。

先生は当然だけれど僕に抱きつくことはなく、普通に正面にやってきてくれた。

「わぁ……」

そして先生の姿を捉《とら》えた瞬間《しゅんかん》、僕は思わず目を奪《うば》われてしまう。

先生はまさかの競泳水着姿だった。濃紺《のうこん》の、ともすればスク水に見えないこともない競泳水着は、先生の割となまめかしいボディラインに貼《は》り付いて輪郭《りんかく》をくっきりと浮かび上がらせている。全体的にえちえちなんだけれど、その中でも競泳水着の圧に押し潰《つぶ》されたおっぱいの形がかなりけしからんというか、僕の中の三〇〇人委員会集結会議において満《まん》場一致《じょういっち》で非常にえっちという評価が与《あた》えられるほどに淫靡《いんび》な輝《かがや》きを放っている。

「……晋藤くん、視線がちょっとイケない感じになってませんか？」

「ご、ごめんなさい……っ！」

「いやいや、要っちが謝る必要はないでしょ。あれは女のあたしが見てもえっちだし。というかなんで競泳水着なの？」

「こ、これしか持ってないからですっ。悪いですかっ？」

いや、それしか持ってなくて正解だと思う。先生は体付きが思いのほかえっちなので、ビキニとかは着用したらダメだ。泳ぐためにメガネも外されているんだし、これ以上地味武装を外したらプールの男性たちがみんな前屈《まえかが》みになってしまうのは確実だった。

「さてさて要っち〜、そろそろあたしの姿も見たいかな〜？」

背後から僕を抱擁《ほうよう》中の一夏さんはそう言うと、くるっと僕の前に回り込んできて——

「——わぁ」

「じゃじゃーんっ、どうよ！」

僕の目の前に現れた一夏さんは、オトナの色気を感じさせる黒いビキニ姿だった。色白な肌とのコントラストがセクシーだけれど、やはりそれ以上に露出《ろしゅつ》度合いに目が行ってしまうよね。競泳水着と違って当然ながら布面積は小さめで、割と豊満なお胸がこぼれんばかりだ。下腹部を守る布地も着用者からすれば頼《たよ》りないんじゃないかってほどにきわどくて、僕の中の三〇〇人委員会はこちらに対しても満場一致のえっち評価を与えるに至った。

「どうしたね少年？　見とれるあまり言葉も出ないかな〜？」

一夏さんがニヤけた表情で僕に顔を寄せてくる。

「ち、近いですよ……」

「じゃあ教えて？　あたしを見ての感想をね」

「え、えっちで、可愛いと思いました……」

「えへへ、素直《すなお》でよろしいっ。ちなみに香奈葉っちとあたしならどっちがいいの？」

「さ、冴木さんっ、そういう酷《こく》な質問を強《し》いるのはやめてあげてください！　あなたはその水着姿も含《ふく》めて教育によろしくないです！　そもそもこの二択《たく》なら私ではないでしょうかね？　ふふん、なんせ私は収入が安定している公務員ですから！」

「出たなイキリっち……！」

「だ、誰がイキリっちですか！　とにかく本題に入ったらどうですか？　ここには別に遊びに来たわけではないんですよね？」

「んー……遊びの延長な気もするけど、ま、いつまでも駄弁《だべ》ってるのは確かにダメだね」

先生の言葉に頷《うなず》くと、一夏さんは手に持っていたビデオカメラを僕に渡《わた》してくる。

「ほい。じゃあ要っち、それであたしの撮影《さつえい》をお願いね！」

一夏さんは自撮《じど》り棒のイメージが強いんだけれど、今回はビデオカメラのようだ。

「まあプールでスマホはね、万が一の水没《すいぼつ》が怖《こわ》いし。それにこっちの方がなんだかんだ映像撮るのには向いてるっていうね」

「どう撮ればいいですか？　遊んでる一夏さんを普通に撮影する感じで？」

「そだね。人が居るからイメージビデオ風は無理だし、そもそもイメージビデオ風にするとお仕事感が出てくるよね。ユーチューブで求められるのって自然体だと思うから、あくまで遊びに来たあたしをそのまま見せる感じがいいと思うんだぁ」

結構真面目に考えているようだ。

「（でも、こんなやり方でいいのかな、あたし……）」

「一夏さん？」

「あ、なんでもないよっ。――と、いうわけで！　女友達と遊びに来たテイで絵作りしたいから、香奈葉っちも被写体《ひしゃたい》になってもらえる？」

「わ、私も映るんですか？　イヤですよ！」

「大丈夫《だいじょうぶ》だいじょーぶ。編集で顔にモザイク入れとくからさっ」

「そういう問題ではありません！　不特定多数に体を見られるのはお断りです！」

「えぇー、今もすでにそういう状況《じょうきょう》じゃん。他人がいっぱい居る中で競泳水着姿でさ、なんなら顔も見られてるわけだし」

……確かに。

「で、ですがアップロードされたらこの比じゃないくらいの人目に触れるわけです！　私はそんなの御免《ごめん》です！」

ふんっ、とそっぽを向く先生だった。

「大体、冴木さんは本当にそれでいいんですか？」

「何が？」

「このような、その……、女の体を売るような動画を撮って人気を得ようだなんて、あなたは本当にそれで満足なんですか？」

「何その言い方」

一夏さんはムッとし始める。

「いいんだよこれで。あたしは満足だもん」

「本当ですか？」

「ホントだってばっ。あたしは……満足だから」

二度目の発言は、さながら自分に言い聞かせているように僕には聞こえた。

「じゃあ香奈葉っちはいいよ、見てるだけで。無理強いしてごめん」

一夏さんは少し投げやりに謝ると、矢継《やつ》ぎ早《ばや》に僕を見た。

「それじゃあ要っち、一人遊びするあたしを撮ってもらえる？」

「は、はい……」

どこか微妙《びみょう》な雰囲気《ふんいき》が流れる中で、僕はレンズ越《ご》しに一夏さんを捉え始めた。

※

「ふぅ、ぼちぼちお腹空《なかす》かない？　お昼にしよっか」

やがて休憩《きゅうけい》を挟《はさ》むことになって、僕たちはフードコートを訪《おとず》れていた。

僕と一夏さん二人きりだ。

鈴音さんは未《いま》だにガチャイベで忙《いそが》しいのかプールまで来る気配が一向にない。

先生は先生で、こんな時まで銃撃《じゅうげき》の世界に浸《ひた》りたいのか、疑似ビーチでレンタルボートを駆使《くし》して一人ノルマンディー上陸作戦を行なっている。

「どう？　いい絵は撮れてるかな？」

僕と一夏さんはラーメンをすすっている。僕が塩で、一夏さんは醤油《しょうゆ》だ。

「いい絵は撮れてると思います」

「そっかそっかぁ。まあ被写体がいいもんね」

そう、被写体がいい。一夏さんは誰《だれ》が撮っても映《は》えるレベルで容姿が優《すぐ》れている。

今もチラチラ見られているのがその証拠《しょうこ》だ。

けれど――

「楽しそうではないかもしれません」

「……え？」

「レンズ越しの一夏さんは可愛《かわい》いですけど、正直ぎこちないです」

いい絵ではあるけれど、一夏さんが心の底から楽しんでいるようには見えない。

狩《か》りゲーで素材集めのために仕方なく同じクエストを何度も回すような顔をしている。

そう、仕方なく。

――仕方なく。

仕方なく。

その言葉が顔に貼り付いているように僕には見えて――

だから思うんだ。

「一夏さんはやっぱり、この手段に満足してはいないですよね？」

「…………」

「さっき先生が言ってたこと、図星だったりしませんか？」

女の体を売るような動画で人気を得て、それで満足なのか。

それが本当にやりたいことなのか。

「僕には、一夏さんはそういう人には見えません。白ギャルで、軽く見えても、その裏にはしっかりとした芯《しん》があるように思うんです」

本当に軽い人はユーチューバーを目指したところでさっさと挫折《ざせつ》して終わるはずだ。

でも一夏さんは少なくとも二年は定期的に動画を投稿《とうこう》している。

二年だ。

短いようで長い時間、一夏さんは自分を伸《の》ばそうと努力している。

しかもさっきコメント欄《らん》を参考にするまで、自分の体を売り物にするような動画は撮っていなかった。つまり、コメント欄の声に流されていなかったんだ。

そこにはプライドが感じられた。

「なのに、どうして急にこんなことをしようって心変わりしたんですか？」

プライドはいきなり捨てられるモノじゃないはずだ。

だから一夏さんは本当のところを言えばこんなことはしたくないんだと思う。

でもしている。

その理由が分からなくて尋《たず》ねてみれば、一夏さんはぽつりと——

「だってもう……こうでもしないとダメだと思って……」

それは今にも泣き出しそうな声だった。やっぱり……無理をしていたらしい。

「……要っちの言う通り、ホントのこと言えばこんな企画《きかく》ヤダよ……。知らない赤の他人に自分の体を見世物にして悦《よろこ》んでもらうだなんて、想像しただけで耐《た》えられない……でもさ、あたしは普《ふ》通《つう》にやっても大して伸びなかったんだもん……」

じゃあもう、こうするしかないじゃん……、と一夏さんは涙目《なみだめ》で僕を見つめてくる。

「なら、昼食後もこの撮影を続けるんですか？」

「続けるしかないよ……他《ほか》にいい手がないんだし」

「いい手がないとしても、じゃあ他にやりたいことってホントにないんですか？」

「え……？」

「今やってるのはぶっちゃけ、言ってみれば最終手段ですよね？　だったら本当の本当に他にやるべきことがなくなるまで、この手は残しておくべきだと思うんです」

本当はやりたくないっていうなら尚更《なおさら》だ。

「一夏さんにはもっと他にやりたいことってないんですか？　本当にやりたいことって、きちんと試《ため》してみました？」

尋ねると、一夏さんは首を横に振《ふ》った。

「だったらこんなことをするのは、本当にやりたいことを試してからでもいいんじゃないかなって思います」

だってもしかしたら、本当にやりたいことをやったら成功するかもしれないし。

もしそれで成功するなら、それが一番ハッピーだと思うから。

「そういえば、一夏さんはどうしてユーチューバーになろうって思ったんですか？」

「あぁ、あたしはね……どうせたった一度の人生だから、せっかくなら人と違《ちが》うことで生きてみようって思ったんだよ。なおかつ、好きなことで稼《かせ》げれば最高だなぁ、ってね」

「じゃあ目立ちたいとか、人気者になりたいとか、そういう理由ではないんですね？」

「そだね……でも結局は、目立って人気者にならないとダメなんだよ」

「だとしても、人気を得るために特化した手段に出るのは、今も言いましたけどまだ早いです——まずは本当にやりたいこと、やりましょうよ」

「要っちは……どうしてここまで親身になってくれるの？」

一夏さんは涙をぬぐいつつ僕をまっすぐに見つめてくる。

「あたしね、今までこうやってきちんと向き合ってくれる人って居なくてさ……鈴音っちでさえ、早いところ定職に就《つ》いた方がいいんじゃないのって、最終的には現実的な問題に引き合わせるだけでね……もちろんそのアドバイスはありがたいんだけど、そんなのは言われるまでもなく分かってることでさ……」

「ですよね、そんなのは大体分かってるんですよね」

「うん……その点、要っちは的確だよ。あたしが今一番欲《ほ》しい言葉をくれたもん……確かにあたし、一番やりたいことをまだやれてなかった」

一夏さんは今一度涙をぬぐい、顔をはっきりと上げる。

そこにはもう、涙はなかった。

「ありがとね要っち。おかげで吹《ふ》っ切れたよ。まずはやりたいことを試してみるね」

「良かったです」

《お姉ちゃん》に救われた過去があればこそ、僕も誰かの力になりたい。

僕の言葉が一夏さんを少しでも元気に出来たなら、それは本当に嬉《うれ》しいことだった。

もし一夏さんが《お姉ちゃん》だとすれば、僕は今あの時のお返しが出来たってことになるんだろうけれど、どうなのかな。一夏さんは《お姉ちゃん》なのだろうか。

「何？　あたしの顔に何かついてる？　あ、目が赤いとか？」

「え、いや、なんでもないです」

僕はひとまず誤魔化《ごまか》すように反応し、それから尋ねた。

「それより、一夏さんが本当にやりたいことってなんなんですか？」

「お、よくぞ聞いてくれたね要っち！」

すっかりいつもの調子に戻《もど》った一夏さんは、身を乗り出すように僕へと顔を近付けて、

「あのねっ、あたしが本当にやりたいことっていうのはね——」

※

一〇分後——

「ええと……これは一体何事ですか？」

一人ノルマンディー上陸作戦を終わらせて僕たちのもとに戻ってきた先生が、僕たちの様子を見て唖然《あぜん》としていた。

「あ、香奈葉っちじゃん。どったのその顔？」

「いや、どうかしたのはあなたたちの方では……？」

先生は引き続き唖然とした表情で言う。

「どうしてその……そういう状態になっているんですか……？」

「どうしてって、あたしはやりたいことをやることにしたんだよ！　ね、要っち？」

「は、はい……」

僕と一夏さんは現状、一夏さんが本当にやりたかったことをやっている。

そしてその、一夏さんが本当にやりたかったことっていうのはすなわち――

「さあほら要っち！　あたしたちは『恋人《こいびと》』なんだからもっとくっついてよ！」

ということなのだ。

早い話が、一夏さんは彼氏とのラブラブ風景を他人に見せつけたいという結構な隠《かく》れた自己顕示欲《けんじよく》を持っている人だったようで――

そんなラブラブ風景を動画として投稿し、全世界に見せつけてやるのが、一夏さんが本当にやりたかったこと、であるらしい。

だから僕は現在――一夏さんの彼氏に強制任命されて、流れるプールを同じ浮《う》き輪《わ》の中に入って堪能《たんのう》させられているのだった。

正直、突拍子《とっぴょうし》がなさ過ぎて僕も先生同様に思考が追い付いていなかったりする。

「こ、こんなの投稿しても絶対にウケないですよね……？」

「かもねえ～」

でもさ、と一夏さんは楽しげな表情で僕に密着してくる。

「試してみたらどうかって言ったのは要っちだよね？」

「は、はい……」

「あたしね、要っちのその言葉が本当に嬉しくて、だから要っちを信用して本当にやりたいことをやってるわけよ。別にこれが成功しようと失敗しようとどっちでも構わないし、仮に失敗したところで要っちを責めることは絶対にないって言えるんだ。でもあたしにそんな嬉しい言葉をくれたからにはさ——……責任、取って欲しいの」

ぼそりと囁《ささや》かれ、ぞくりとしてしまう。

「せ、責任?」

「そうだよ……あたしね、あんなに真摯《しんし》に向き合ってくれた要っちのことが好きになっちゃった」

「うぇ⁉」

「だからね、あたしのことを好きにさせちゃった責任は取って欲しいかも……——一緒《いっしょ》に色々と遊んでくれる彼氏になることで、ね?」

にこっ、と微笑《ほほえ》むその顔は可愛らしいけれど、せ、責任か……。

……僕がそんな重荷を背負うことは果たして出来るんだろうか。

「さて、じゃあほら要っち!　もっと楽しんだ表情浮かべてよ~。いえーい、ってね!」

今は一夏さんに持たれているビデオカメラのレンズが僕を捉《とら》えた。

……ぼ、僕は今、上手《うま》く笑えているのだろうか。

「あ、そうだ。せっかく香奈葉っち来たんだし、ほい、香奈葉っちがカメラよろしく！」

「うわっ――……ちょ、ちょっと待ってください冴木さん！　いきなり投げ渡《わた》されても困ります！　何をどう撮《と》ればいいんですか！」

「え？　何も考えずにあたしたちのこと撮ってくれればそれでいいんだよ？　欲《ほ》しい絵はあたしが逐一《ちくいち》自分で生み出していくし……こうやってね」

ちゅ、と一夏さんが僕の頰《ほお》にキスをしてきて――

僕はもはやぷしゅうと湯気を噴《ふ》き出さんばかりの勢いで放心してしまう。

「あぁもう不純です不純ですっ！　これはいけません！　こんなの撮れるわけがないでしように！　撮影《さつえい》は断固として拒否《きょひ》しますし、教師として晋藤くんの解放も求めます！」

「教師として～？　くふふ、香奈葉っちだってホントは要っちとちゅっちゅしたいんじゃないの～？　要っちが不純異性交遊しないようプールまでついてきたくらいだしね～？」

「ち、違います！　私と晋藤くんは教師と生徒であり、そして友達同士なのであって、決してそのような関係になりたいだなんて――」

「――私がガチャイベをやっている間になんだか大変なことになっているようね？」

「うわ、鈴音っち来た！」

「私の要くんを独占《どくせん》しようだなんて、一夏ちゃん、死ぬ覚悟《かくご》は出来ているのかしら？」

……なんかもう滅茶苦茶《めちゃくちゃ》カオスな状況《じょうきょう》だからこそ、僕はもはや考えることをやめた。

※

——後日。

先日のプールにおける僕と一夏さんのラブラブ動画は編集によってなんだかんだ形になったようで、一夏さんの手によってユーチューブ上にアップロードされたらしい。

どうせ伸《の》びるわけないよね、と思ってその動画のことは無視していたのだけれど、何がどうまかり間違ったのか『リアルおねショタ動画』としてアホほどバズったらしく、一夏さんのチャンネル登録者数増加にもだいぶプラスに働いたとのことで——

僕はこれ以降、一夏さんのお願いによって、たびたび一夏さんといちゃこらするだけの動画を撮らされることになったとかならなかったとか。

そして当然のように、一夏さんが《お姉ちゃん》か否《いな》かは曖昧《あいまい》なままである。

幕間　《お姉ちゃん》との思い出　Ⅳ

『要《かなめ》くんはさ、自分じゃない誰《だれ》かに変わりたいって思ったことはある？』

『自分じゃない誰か？』

夕暮れの、ひとけのない公園で、ぼくはその日もおねえちゃんと遊んでいた。

シーソーに向かい合って座りながら、ぎったんばっこんとぼくたちは上下している。

『そうだよ。自分じゃない誰かに変わりたいって思ったことはないかな？』

『うーん……ないかも』

『ないの？　要くんは今の自分がイヤだ、ってなっちゃうことはない？』

『さびしい自分がイヤだったことはあるけど、それはおねえちゃんのおかげで平気になっちゃったし。じいちゃんとばあちゃんが忙《いそが》しくても、おねえちゃんがいるから』

『そっかそっかぁ。いやぁ、私懐《なつ》かれちゃってるなぁ』

『なつかれたらめいわく？』

『そんなことないよん。要くんにならどんだけ懐かれても大歓迎《だいかんげい》！』

おねえちゃんはそう言うと、シーソーから降りてぼくの方にやってきて、どうしてかぼくの頭をむぎゅっと胸元《むなもと》に抱《だ》き寄せたんだ。

『な、なにしてるのおねえちゃん？』

『要くんは強いなあって思ったからご褒美《ほうび》』

『ぼ、ぼくつよいの？　なにが？』

『私のおかげで寂《さび》しくなくなったって要くんは言うけどさ、それって逆に言えば私がこうして一緒に遊んであげる程度のことで立ち直れちゃうくらい、要くんは心が強いってことなんだよね』

『そ、そうなのかな？』

『そうだよ～』

ふかふかのおっぱいでぼくの頭を包んだまま、おねえちゃんは言葉を続ける。

『そんな強い心が羨《うらや》ましいね。私にはないからさ』

『え？　そんなことないよ。おねえちゃんはつよいよ。いつも明るくて、いつもにぎやかで、いつもぼくに元気をくれるもん』

『そうだね……《お姉ちゃん》は強いのかもね』

『？　どういうこと？』

『分からないなら分からないで大丈夫《だいじょうぶ》っ』

そう言っておねえちゃんは、神妙《しんみょう》な表情をイタズラなモノに変えていく。

『にひひ、それより要くぅん、君はいつの間にかこうしておっぱいに包み込まれても抵抗《ていこう》しなくなっちゃったね？　前はやめてよーって言ってたのに、今じゃもう大人しくおっぱいに埋《う》もれたままだねえ？　どうしてかな～？　おっぱいに慣れた悪い男の子になっちゃったのかな～？』

『そ、そんなことないしっ。やめて欲しいって思ってるもん！』

『じゃあやめてもいい？』

『うぅ、それは……』

『にひひ～、やめて欲しくないんだねえ？　じゃあやめてあげないから安心しちゃっていいんだぞ～？』

おねえちゃんはからかうように言いながら、けれどぼくの頭を優《やさ》しく抱き締《し》め続けてくれた。

ぼくはそのふかふかに顔を押し付けて、おねえちゃんを堪能し続ける。

大好きなおねえちゃんから、離《はな》れたくなかったから。

第五章　一色《いっしき》いなほは笑わない

《お姉ちゃん》からの連絡《れんらく》というものは、あのメモ用紙以降何も届いていない。

『久しぶり。大きくなったね』と記されたあのメモ用紙だけが、現状における《お姉ちゃん》からのメッセージにして手がかりだった。

四月も半ばに差し掛《か》かったけれど、僕は依然《いぜん》として《お姉ちゃん》の正体を摑《つか》めていない。別に焦《あせ》りはないものの、

「このままじゃ見つかりっこないよね……」

朝日が差し込む週末の自室で、僕は独りごちる。

鈴音《すずね》さん、先生、一夏《いちか》さん、それぞれを観察しても《お姉ちゃん》かどうかは分かっていない。いなほさんがまだよく分からない人だからいずれ一緒に過ごして様子を窺《うかが》ってみるにしても、それで判断がつかなかったらもう誰が《お姉ちゃん》なのって話だ。

《お姉ちゃん》は夜中にメモ用紙を投函《とうかん》しに来られるくらい近場に住んでいるようだからかりん荘の住人が怪《あや》しいと思っているわけだけれど、もしかするとそう考えること自体がもはや《お姉ちゃん》の術中というか、罠《わな》の可能性もあったりして……。

「はあ、《お姉ちゃん》はどうして僕をもてあそぶのか……」

誰にともなく問いかけながら、僕は布団《ふとん》からのそっ、と這《は》い出して起床《きしょう》した。

週末なので今日は学校に行く必要がない。僕の場合部活もやってないし。

とりあえずご飯食べて、宿題を片付けようかな。

ぴんぽーん、とそんな折にインターホンが鳴ったので、誰だろうと思いながらドアスコープを覗《のぞ》いてみると——訪問者は鈴音さんだった。僕はドアを開けて応対し始める。

「どうしたんですか？」

「どうしたも何も、要《かなめ》くんがお腹《なか》を空《す》かせてると思ったから朝ご飯を持ってきたのよ」

「わ、ありがとうございます」

鈴音さんが持つお盆《ぼん》には和テイストな朝食が載《の》せられていた。

「でもよく分かりましたね、僕が今しがたお腹を空かせて起きたって」

「休日の要くんが大体この時間に起きることを学習したのよ。だからできたてをデリバリー出来ちゃうわけ」

「なんかすごいですね」

「ふふ、要くんのことはこれからもどんどん学習していくつもりだからね？　要くん専用の紅林《くればやし》鈴音が誕生する日も近いわ」

……誕生して欲しいような、して欲しくないような……。

「まあそれより、冷めないうちに食べちゃってちょうだい」

鈴音さんはそう言うと僕の脇《わき》を通って部屋に入り、脚《あし》の低いテーブルに朝食を並べてくれた。それで立ち去るのかと思いきや、鈴音さんは居座る姿勢を見せる。

「あの……自分の部屋に戻《もど》らないんですか？」

朝食の手前に移動してあぐらをかきながら尋《たず》ねると、鈴音さんはにっこりと微笑《ほほえ》む。

「要くんの尊い食事風景を見守らせてもらうわね」

「多分見守る価値ないと思うんですけど！」

「何を言うのかしら。要くんの食事風景をまとめたムック本が売られていたら一〇〇万円まで払《はら》えるわよ？」

「目を覚ましてください！」

「覚めているわ。それはもうばっちりとね。だから要くんの素敵《すてき》な尊顔をこうして拝むことが出来ているんだもの。あぁ……今日も可愛《かわい》いわ。食べちゃいたい」

食べちゃいたいって何を⁉

「さあ要くん、私に構わずご飯を食べて？　それとも私に食べさせて欲しいのかしら？」

「じ、自分で食べれます！」

「あらそうなのね？　私に食べさせて欲しいのね？」

僕の発言がねじ曲げられてる⁉

「もう、しょうがない子ね。じゃあ私があ〜んってしてあげるわ」

「だ、大丈夫です！」

「いいからいいから。ね？」

鈴音さんが僕のそばにやってきてご飯を食べさせようとしてくる。

嬉《うれ》しいけれど恥《は》ずかしくて、もっときちんと抵抗するべきかな、と考えていたその時、

「──はいっ、ちょっち待った！」

僕に代わって待ったの声が響《ひび》いた。

玄関《げんかん》の方を振《ふ》り向けば、そこには一夏さんが佇《たたず》んでいた。

な、ナイス助け船……。きっと隣《となり》の部屋まで僕たちの声が聞こえていたから、助太刀《すけだち》に来てくれたんだよね。ありがたい。

一夏さんはそれからズンズンと部屋の中まで入ってきて──

「どいて鈴音っち！　要っちにご飯を食べさせるのはあたしの仕事だから！」

──味方じゃなかった……っ！

全然助け船じゃなかった！

なんなら二人目の敵だったんだけど！

「なぁに一夏ちゃん、デート動画が少しバズったからって彼女ヅラかしら？」

「彼女ヅラじゃなくて彼女だもんっ。ね、要っち？」

一夏さんが僕の隣に腰《こし》を下ろしてきた。そして腕《うで》を絡《から》ませてくる。お、おっぱいが……。

「そうなの要くん？　一夏ちゃんは正式な彼女になっているの？」

鈴音さんは真顔だった。

「ち、違《ちが》いますよ！　一夏さんは彼女ではないです！」

あくまでそういうテイでの動画の撮影《さつえい》に引き続き付き合ったりしているだけであって、正式な恋仲《こいなか》になった覚えは微塵《みじん》もない！

「ひ、酷《ひど》いよ要っち！　この間初めてを捧《ささ》げてあげたのに！」

「捧げられてないです！」

とんでもない嘘《うそ》をつかないで欲しい！

「捧げてあげたじゃん！　私のチャンネルに初めて登場した男の子だよ要っちは！　つまり私の男性コラボ処女を要っちが奪《うば》ったんだよ！」

「そ、そういうことなら納得《なっとく》ですけど、だとしても言い方を考えてくださいよ！」

結局付き合ってる証拠《しょうこ》でもないし！

「ふふ、どうやら一夏ちゃんが一方的に彼女を騙《かた》っているだけのようね？　そんなことをしても要くんはあなたのモノにはならないのよ？」

「ふんっ、でも彼女にするなら恐《おそ》らく要っちは鈴音っちよりもあたしを選ぶはずだし！　そうだよね要っちっ？　こんな桃色《ももいろ》おばさんよりも瑞々《みずみず》しいあたしの方がいいよねっ？」

「あら一夏ちゃん、来月から家賃が倍になっても知らないわよ？」

「おのれ鈴音っちぃ……家賃で脅《おど》してくるとは卑怯《ひきょう》なり……！」

「ふふ、ここが私のお城だということは理解しておいた方がいいわね？」

勝ち誇《ほこ》ったように笑う鈴音さんと、悔《くや》しそうに歯嚙《はが》みする一夏さん。

一体これはなんの争いなんだろうか、と若干呆《じやっかんほう》けていると──

「朝からうるさいんですが！　サプレッサーなしの銃声《じゆうせい》みたいに下まで響いてきますよ！」

と、先生が僕の部屋に乗り込んできたのだった。

今日もプライベートでは牛柄《がら》の着ぐるみパジャマ姿だった。可愛い。

「あ、やはりあなた方が晋藤《しんどう》くんのお部屋でワイワイやっていたようですね！　晋藤くんの教育に非常に悪影響《あくえいきよう》なので今すぐ離れてあげてください！　やかましいですし！」

「香奈葉《かなは》っちにだけはうるさいって言われたくないよね」

「そうね。ゲームしてる時のエグさ丸出しの雄叫《おたけ》びや慟哭《どうこく》が壁越《かべご》しにどれだけ筒抜《つつぬ》けになっているのかしら」

「そ、それは非常に申し訳なく思っていますが、それとこれとは話が別といいましょうか……——と、とにかくですっ！　晋藤くんから離れてください！」

先生はそう言って鈴音さんと一夏さんを僕の脇からのけると、その空いた場所に座っておほんと咳払《せきばら》いを行なう。

「よろしいですか晋藤くん？　あなたはまだ前途《ぜんと》ある少年なのですから、このお二方のような不純な異性との交遊は避《さ》けるべきなんです」

「は、はあ……」

「つきましては私のような教師とこういったお休みの日も積極的に絡むようにするとよいのではないかなと——」

「ねえ香奈葉っち、教師と生徒がプライベートで絡むのって一番ヤバいんじゃないの？」

「淫行《いんこう》教師爆誕《ばくたん》ってところかしら」

「い、いんこ——……そ、そのようなことは致《いた》しませんしっ！　せいぜい一緒《いっしょ》に宿題をしてゲームを楽しむくらいであって！」

「そしていつの間にかムラムラして手を出してしまうという黄金ルートを歩むのね？」

「歩みませんからっ！」

女という字が三つ集まって姦《かしま》しいってわけなんだけれど、この字の成り立ちはものすごく事実に則《のっと》ったことだったんだな、と僕は今強く実感している。

そんな時だった。

——ドンッ！

と某海賊《ぼうかいぞく》マンガで多用される効果音じみた音が僕の部屋の壁《かべ》から聞こえてきた。

鈴音さんたちが音に驚《おどろ》いて静まり返り、僕もビクッとしてしまう。今の音がいなほさんによる壁ドン（うるさいの意）だと察するのにそう時間はかからなくて——……

「あー……いなほちゃんが執筆《しっぴつ》で忙《いそが》しいみたいだから、あまり騒《さわ》いじゃダメよね……」

ひとまず解散しましょう、という鈴音さんの言葉に異を唱える者は現れず、僕の部屋はそれまでの騒々《そうぞう》しさが嘘のように僕個人の空間へと戻ったのであった。

これで落ち着いて朝ご飯が食べられる……、と安堵《あんど》した僕は、あとでいなほさんにお礼を言っておかなきゃなと思いつつ、朝ご飯に手をつけたのだけれど、

「……ちょっと冷めてる……」

それでも美味《おい》しいことに変わりはなくて、鈴音さんの料理は相変わらずすごいや、と唸《うな》るしかなかった。

※

「出てくれるかな……」

朝食後。

僕は宿題をこなしたのちに、いなほさんの部屋前でインターホンに指を置いていた。

さっき姦しい人たちを壁ドンで追い払ってくれたから、そのお礼に来たんだ。

「でも執筆で忙しいっぽいし、日を改めるべきかな……」

インターホンに指を置いているだけで、まだ鳴らしてはいない。《お姉ちゃん》かどうかの探《さぐ》りも入れたいから接触《せっしょく》はしたいけれど、いなほさんの邪魔《じゃま》になるのはイヤだし。

と考えていたその時――

ぎぃぃ……、と目の前の扉《とびら》がうっすらと開いて、いなほさんが顔を半分だけ覗《のぞ》かせてきたのが分かった。その半分だけ見えるオドオド顔と一緒に、スマホの画面も提示される。

『どったの少年？　さっきから黙《だま》ってウチの前に立ってさ。変態なん？（、・ε・;）』

「あ、えとっ、お、お礼が言いたくて……」

『お礼？　いなほなんかしたっけ？』

「さっき壁ドンしましたよね？　そのおかげで鈴音さんたちが散開してくれたので……」

『あぁ壁ドンね。あれは単純にうるさかったからやっただけなんよ(ﾟДﾟ)　お礼なんていらんし。少年どんだけ律儀《りちぎ》なん？ｗ』

「す、すみません……」

『謝らんでええがな(、・ω・;)　気持ちは嬉しいし』

いなほさんはそう記すと、オドオドした目つきで僕をジッと見つめてくる。

射貫《いぬ》かれるようなそれにちょっとだけ気圧《けお》されていると、

『ちょっと入ってく？』

「……え？」

『律儀なお礼に応《こた》えてというか、今思えばいなほって少年のことよく分からんしｗ』

「お邪魔していいんですか？」

『少年さえよければ、ね』

落ち着いたお姉さんみたいな誘《さそ》い文句だけれど、いなほさんの本体は変わらずオドオドしているというものすごいギャップだ。

本体の方を見ているとお邪魔しない方がいいように思える反面、本心を語っているのであろうスマホの文章を見る限りは歓迎《かんげい》してくれているようだし——

「じゃあ……お邪魔してもいいですか？」

『いいとも─！　ってのはもう若干古いわな(・ε・;)　ま、とにかくどうぞなんよ』

いなほさんがドアチェーンを外して玄関を大きく開けてくれた。

「お邪魔しま─す……」

今日も今日とて芋《いも》ジャージ姿であるいなほさんの、その小柄《こがら》な背中を追って部屋の中に入っていく。

部屋の間取りは当たり前だけれど僕の部屋と同じだった。でもやっぱり中の様子は住人ごとに多様性があるわけで、僕の部屋とはまったく違う景色が待ち構えていた。

「わぁ……本がいっぱいですね……」

いなほさんの部屋には本が無数に存在していた。窓を除いた壁際《かべぎわ》が本棚《ほんだな》で埋《う》められていて、そこには隙間《すきま》なくみっちりと本が収められている。

「作家さんなんですよね？　だからやっぱり本が好きなんですか？」

『因果関係としては逆なんよ。本が好きだから作家になるんよな。まあ中にはあんまり本を読まない作家もおるがw』

いなほさんはそう記すと、ノートパソコンが載《の》っているデスクの椅子《いす》に座った。

「執筆中だったんですよね？　すみません……」

『休憩《きゅうけい》中だから気にしなくてええんよ。それより少年は本を読む人？』

「読まないことはないですけど、読むってなったら電子書籍《しょせき》で読みます。こうやって紙の本を収集することはなくなりましたね」

『これが若さか(、・ε・;)』

いなほさんはそう記し、本体はおののくような表情を浮《う》かべていた。

「え？」

『いやね、いなほは電子書籍大っ嫌《きら》いなんよ。分かる？　情緒《じょうちょ》もなければ趣《おもむ》きもない。本ってのは印刷物の匂《にお》いとページをめくる感触《かんしょく》と音があってこそなんよ。電子書籍は画面をスライドさせるだけで味気ない。だから少年、紙の本を読みなよ(、・ε・;)』

「……まあ言いたいことは分からんでもないですけど」

某《ぼう》マキシマさんみたいなこと言ってるな……。

『そう？　でも電子書籍派の少年としては、この姉ちゃん古臭《ふるくさ》いこと言ってんなあとか思ってるんじゃないの？　どうなんよ？w』

「そ、そんなこと思ってないです……」

実はちょっとだけ思ってるけど。

『まあ少年の考えは置いといて、いなほはとにかく電子書籍はダメな懐古《かいこ》人間なんよ。だから電子書籍を受け入れられてる少年は若いな、と思うんよな(゜Д゜)』

でもそうは言いつつ、いなほさんも若い人ではある。

《お姉ちゃん》の想定年齢《ねんれい》（現在二二～二八歳）の中に収まる程度には若いはずだ。

《お姉ちゃん》が現在二二～二八歳のどれかだと思っている理由は、一〇年前の《お姉ちゃん》が中学生あるいは高校生に見えたからだ。

『で、少年、君がよく読む小説ってのがどんなのか聞いてもいい？』

「えっと……異世界転生とかするヤツです」

『あぁそっち系ね。ええやん(´・ε・`) いなほは読まないけども』

まあ本棚のレパートリーを見るに、そりゃ読まないだろうなと。

海外ファンタジー小説の翻訳《ほんやく》本が多めに見えるかな。

「そういえばいなほさんって何書いてる人なんですか？」

『気になるん？』

「そりゃもちろんです」

『じゃあ当ててみ？』

「んー……恋愛《れんあい》小説とか」

『違《ちが》う』

「じゃあ推理小説ですか？」

『違う』

「純文学？」

『違う』

「ホラー？」

『違う』

「キャラ文芸？」

『違う』

「SF？」

『違う』

「大人向けファンタジー？」

『違う』

「ラノベ？」

『違う』

「じゃあなんなんですか⁉」

割と幅広《はばひろ》く言ってみたつもりなんだけれど全然当たらないよ！

『恥《は》ずかしいから内緒《ないしょ》(、・ε・`)』

「そんなぁ！」

『きひひ、少年いいリアクションするねえ(>_<)』

くぅ……遊ばれてるよねこれ。

「……今違うって言った中に実は正解があったりするんじゃないですか？」

『いや、そこは嘘《うそ》ついてないんよ。少年はまだ正解にたどり着けていない』

となると、本当に何を書いてる人なんだろうか。

『まあたどり着けなくてええやんな？　人には秘密がつきものなのさ(、・ε・`)』

ちょっとカッコつけた感じでそう記すいなほさんをよそに……——僕はふと、いなほさんの手前にあるノートパソコンに目が行った。

執筆用のソフトが開きっぱなしだった。

目をこらせば内容が見えそうだったので、僕は目を細めてガン見し始める。

『あ、ちょっと！　それは卑怯《ひきょう》なんよ！』

いなほさんが慌《あわ》ててノートパソコンを閉じたけれど——

「……っ!?」

見て、しまった。

閉じられる前に僕は捉《とら》えてしまっていた。

そしてその内容は驚《おどろ》くべきモノだった。

「な、なんかえっちな――」

『ああ！』

いなほさんが「あ」の羅列《られつ》を記したスマホを放り投げ、ベッドに飛び込んで毛布にくるまり始めた。

その状態でいなほさんは顔だけ出して僕を非難するように涙目《なみだめ》で見つめてくる。

「盗《ぬす》み見はひどい……」

普段《ふだん》まったく喋《しゃべ》らない人のひと言だからこそ、それがグサリと突《つ》き刺《さ》さった。

「ご、ごめんなさい……」

謝りつつも、頭の中では今見た原稿《げんこう》データが反芻《はんすう》されている。

汗《あせ》ばんだ彼女の体が云々《うんぬん》。

粘膜《ねんまく》同士の繋《つな》がりが云々。

白濁《はくだく》色の液体が云々。

（――え、えっちだ……）

そう、いなほさんはいわゆる官能小説家だったのだ。

それなら、僕がさっき挙げたモノが正解にならなくて当然だ。

それにしても――……。

そっか、いなほさんのような大人しめの人が、えっちな小説を書いているのか。

それはなんだかイケないことのようで、僕は少し心がざわついた。

「スマホ……」

そんな中、いなほさんがぼそりと呟《つぶや》く。

「え？」

「スマホ……」

スマホという鳴き声になってしまったのかと一瞬《いっしゅん》思ってしまったけれど、まあそんなはずがなく多分スマホを取って欲しいってことなんだろうと考えて、僕はいなほさんのスマホを拾って手渡《てわた》した。

『サンクス』

「元はと言えば僕のせいですし……」

『やーい盗み見少年ｗ』

「ご、ごめんなさい……」

『でもま、別にええんよ。隠《かく》してたことではあるけれど、いざバレてみても言うほどダメージにならなくて拍子抜《ひょうしぬ》けだし。最初は慌てたものの、よくよく考えてみれば他《ほか》にもっとバレたくないモノがあるからねえ(´・ε・`)』

他にもっとバレたくないモノ？

まさか《お姉ちゃん》？

……でも正直、いなほさんは僕が知ってる《お姉ちゃん》から最も遠いと言える。

背丈《せたけ》と髪《かみ》色は当時の《お姉ちゃん》にそっくりだけれど、それだけというか。

性格や人柄《ひとがら》は正反対に思える。

ともあれ、いなほさんとの会話に意識を戻《もど》す。

「どうして官能小説家になったんですか、っていうのは聞いてもいいんですか？」

『ダメ』

にべもなかった。

『でもひとつだけ言えることがあるとすれば、いなほは今若干《じゃっかん》スランプかもしれんのよ』

「え、大丈夫《だいじょうぶ》なんですか？」

『まあ言うほど重いもんじゃないんよ。次の展開どうしようかなーって悩《なや》んでるくらいのモンでな☆　ちょっと気分転換《てんかん》すりゃあ楽勝で乗り越《こ》えられるハードルよな』

「ならいいんですけど……」

『ほな、ぼちぼちお宅訪問の時間を打ち切ろうか(´・ε・`)』

「もうですか？」

『ゆうて充分《じゅうぶん》じゃないん？』

「まあ確かに……」

いなほさんの色んな側面を知れたように思える。

『いなほとしても、少年が憎《にく》き電子書籍派閥《しょせきはばつ》の人間にして盗み見野郎《やろう》だということを知れて良かったんよ』

まったくいい印象持たれてなかったたっ！

『というのは冗談《じょうだん》として』

「じょ、冗談ですか……良かった」

『ま、これからは良き隣人《りんじん》としてよろしく頼《たの》むんよ、少年』

「――。はい、こちらこそ……」

こうして僕といなほさんの、初のまともな邂逅《かいこう》は無事に終わってくれた。

『さてと、じゃあいなほは少し気分転換に行ってくるんよ』

僕が部屋から出ようとしていると、いなほさんも荷物を持って玄関《げんかん》にやってきた。

手に持たれていたのは先日の屋内プール出立前にも見たトートバッグだった。

ということは、あの日も執筆《しっぴつ》の気分転換に行っていたのかな。

「気分転換って何するんですか？」

『んー？　内緒☆』

いなほさんはそう記し、外に出る。それからドアに鍵《かぎ》をかけると僕を見た。相変わらずのオドオド顔ではあるものの、次に見せてきたのは警告じみたメッセージだった。

『もしついてきたら少年に明日はないと思った方がええんよ、(ﾟДﾟ)ﾉ』

そして、いなほさんは徒歩で出かけていった。

「……気分転換って一体なんなんだろ」

「――気になるにぇ～」

その時、背後で急に声が聞こえて僕はビクリとした。

「い、一夏さん？」

「ややや要っち、今までいなほっちのところに居たみたいだねえ？」

一夏さんは背後から僕の体に手を回し、耳元で色っぽく囁《ささや》いてくる。

「あたしというものがありながら、浮気《うわき》だなんてひど～い」

「だ、だから一夏さんは別に彼女じゃないですよね⁉」

「まあそれはそうと、いなほっちの行き先気にならない？　気分転換って何をするんだろうね？　そういうお出かけをしてるってのは知ってたけども、あたしも詳細《しょうさい》に関してはまったく分からなくてさ」

「そりゃ気になりますけど、だからって何か出来るわけでもないですし……」

「ん？　尾行《びこう》してみればいいじゃん」

「えっ、それはどうなんですか……」

「じゃあこのままあたしの部屋でいちゃいちゃコースにしとく？　新しい動画撮《と》りたいしね。どうする？」

「んー……」

正直それでもいいけれど、いなほさんも気になるし……。

「じゃあさ、考え方を変えてみようよ。いなほっちを尾行するんじゃなくて、いなほっちが何か変なことしてたら大変だから、観察しに行くの。ヤバい人と会って気持ちいいことするのが気分転換だとしたら見過ごせないよね？」

……もしそうだとすればそりゃあ見過ごせない。

ありえないと斬《き》り捨てるような例え話でもないし。

なんせいなほさんは官能小説家だから、一夏さんの言う通り気分転換の取材と称《しょう》して知らないおじさんとそういうことをしていてもおかしくないわけで……。

「なんか……滅茶苦茶《めちゃくちゃ》心配になってきました」

「だよね。あたしも自分で言ってて心配になってきたし。——よしっ、じゃあ正義の名のもとに、いなほっちについてってみよう！」

そんなわけで、僕と一夏さんは急遽《きゅうきょ》いなほさんを尾行することになったんだけれど、

「——そこの二人、どこに行くおつもりですか！」

かりん荘の敷地《しきち》から出ようとしたところで、なぜかこのタイミングで部屋から出てきた先生に呼び止められてしまった。

「もしいかがわしい動画を撮りに行くおつもりであれば、私はコンビニに行く予定を変更《へんこう》してあなた方を食い止めなければなりませんっ」

「え、待ってよ香奈葉っち。その格好でコンビニ行こうとしてたの？」

先生は休日ゆえに牛柄《がら》の着ぐるみパジャマを着ている。

それで出かけるのが本当だとすればクレイジーだけれど、さすがに冗談でしょ。

「なんですか？　普通《ふつう》にこの格好で行きますけど何かおかしいですか？」

——冗談じゃなかった！

店員たちに裏で「牛女」って呼ばれてるヤツだよこれ！

「そんなに驚くことですか？　コンビニですよ？」

「いや香奈葉っち、コンビニでもその格好はキツいって……」

「そうですかね？」

心底不思議そうに首を傾《かし》げる先生だった。

ゲーム廃人《はいじん》であることを後ろめたく思う感性がありながらどうしてそんなことに！

「まあ私のことはいいんです。晋藤くんと冴木《さえぎ》さんはどこに行くおつもりなんですか？」

「ぼ、僕たちはその……、いなほさんの尾行をやろうとしてて……」

「一色さんの尾行？」

僕たちは手短に尾行の理由を伝えた。

「なるほど、一色さんにあまり良くない疑惑《ぎわく》ですか」

先生も一気に神妙《しんみょう》な表情になった。

「確かに気になりますね」

「だよね香奈葉っち。じゃあ止めないでくれる？」

「分かりました。止めませんし、なんなら私も行きましょう。同じアパートの住人が間違《まちが》った道を歩んでいるとするならば、それを止めなければ寝覚《ねざ》めが悪いですからね」

「お、じゃあ三人でレッツゴーだね」

「その前に少々お待ちください」

先生は部屋に戻っていった。着替《きが》えてくるのかな、と思いきや――

「――お待たせしました」

着替えてはきたのだけれど、その格好はなぜかパンツスーツ姿だった。しかもその手には狙撃銃《そげきじゅう》のモデルガンが持たれているし……。どっかのエージェントかな？

「ねえ香奈葉っち」

「なんでしょう？」

「色々ツッコミたくはあるんだけどさ、まずなんでパンツスーツなわけ？」

「そ、それはその……、私服になり得るモノがこれしかありませんので……」

どうやらおしゃれに無頓着《むとんちやく》らしい。ダルマでさえカラバリがある時代なのに……。

「こ、これでも一応、大学生の時などは私服に気を使っていたんです……ですが、ゲームを始めるようになってから出不精《でぶしよう》気味で、あまり外に出なくなりましたので」

「まあパンツスーツはれっきとした服だからいいけどさ、その狙撃銃はなんなの？」

「あ、よくぞ聞いてくれました。これに装着されているスコープは本物でして、多少遠くからでも観察することが可能なんです。むふんっ、今の状況《じようきよう》にもってこいですよね？」

「普通に双眼鏡《そうがんきょう》とかで良くない？」

「そんなモノは持ってないです」

スコープの方がよっぽど〝そんなモノ〟だと思うんですが……。

「ま、なんにせよ三人で尾行開始だねっ！」

一夏さんが先陣《せんじん》を切って進み始めた中で、僕はとりあえず気を引き締《し》め直し、改めていなほさんの尾行に臨《のぞ》むことにした。

※

途中《とちゆう》、狙撃銃所持の先生が職質にあったりするハプニングがありつつも、僕たちは無事にいなほさんの尾行を続けることが出来ていた。

「いなほっちはどこに行こうとしてるんだろね、これ」

一〇〇メートルほど前方を歩くいなほさんにバレないよう、隠れながら歩いている。

いなほさんは町の郊外《こうがい》に向かっているようだった。

「いかがわしい行為《こうい》が目的だとすれば市街地のホテル街に行くはずですが、そうではないようですね。となると、一色さんはとりあえず大丈夫なのかもしれません」

「分からないよ？　いなほっちは外で致《いた》すのが好きなのかも」

「そ、外で……っ!?」

先生が顔を真っ赤にしていた。

そういえば先生ってプールの時にユニコーンに喜ばれる属性であることが一夏さんによって暴《あば》かれていたし、そっち方面にはあまり耐性《たいせい》がないのかもしれない。

「ねえ要っち、思ったんだけど外でいちゃいちゃする動画もいいと思わない？　今度試《ため》しに撮ってみよっか？」

「な、何を唐突《とうとつ》にいかがわしいお誘《さそ》いをかけているんですか！　不純ですよ！」

「えぇ～、ただのいちゃいちゃくらい別にいいじゃん」

「良くありません！　結婚《けっこん》を前提に付き合っているわけでもないのに！」

「あのさ香奈葉っち、今って令和だよ？」

「な、なんですか私の価値観が古臭《ふるくさ》いとでも言いたいのですか！」

「古臭いを通り越してもはや化石だよね」

「か、化石でもなんでも好きなように言えばいいです！　時代がそのうちまた奥ゆかしさにカムバックするでしょうからね！　ふふんっ、私はある意味最先端《さいせんたん》ということです！」

「香奈葉っちはま～たそうやってイキるし。大人しく今に流されちゃえばいいのに」

「ふん、御免《ごめん》ですね。右倣《なら》え右の没個性《ぼっこせい》精神には興味がありませんから」

「でもキリッとそんなこと言っといてさぁ、香奈葉っちだって要っちとムフフなことが出来るなら、シたいんじゃないのかな〜？」

ニヤニヤしながら煽《あお》るように問いかける一夏さん。

「な、何を言いますか……私は教師ですから、要くんが生徒であるうちは決して……」

「へえ〜、生徒であるうちは、ねえ？」

「〜〜〜っ！　だ、黙《だま》りなさい！　この色ボケユーチューバー！」

「きゃーこわーい」

真っ赤な顔で一夏さんをぽかぽか叩《たた》く先生と、棒読みで懲《こ》りない顔をしている一夏さんだった。……この人たち、真面目《まじめ》に尾行するつもりあるのかな。

ともあれ、こんな感じでわちゃわちゃしつつ、いなほさんの尾行は続けられた。

道中、気配を悟《さと》られて隠《かく》れ場所《ばしょ》に迫《せま》られるハプニングがありつつも——

『にゃお〜ん』

と一夏さんがリアルタイムボイスチェンジャーアプリを用いて猫《ねこ》の鳴き真似《まね》を行なった結果、いなほさんに「なんだ猫か」と思わせることに成功し、事なきを得た。

「た、助かりましたが、冴木さんはなぜそんなアプリを……」

「声で遊ぶ動画を撮ったことがあってさ、その時の名残《なごり》ってヤツかな」

若干《じやつかん》低音質ながら、自分の声を機械音声っぽくいじることも出来るみたいだ。

「その動画を撮る時に軽く調べたんだけど、某名探偵《ぼうめいたんてい》が持つハイレベルな変声機が商業に出回るのはまだまだ先の話っぽいね。個人で作った人ならニコニコで見たけど」

なんにせよ、僕たちは尾行を再開する。

やがていなほさんは町外れの丘《おか》でその足を止めた。

「ひとけが皆無《かいむ》の場所に来ちゃったねえ……誰《だれ》かと密会するには最適な環境《かんきよう》かも？」

僕たちは茂《しげ》みに隠れつつ、いなほさんの様子を眺《なが》めている。

「しかし誰かが来る様子はなさそうですが……」

「――あ、いなほさんがトイレの裏手にっ」

周囲を警戒《けいかい》するかのようにきょろきょろしつつ、いなほさんが公衆トイレの裏に回っていくのが分かった。

「わーお、トイレの裏で密会かな？」

「どうします？　ここは私たちで突撃《とつげき》しますか？」

「いや先生、突撃は待ってください」

僕は待ったをかけた。

「さすがに男性との密会という線はもう消えてると思うんです。いなほさんはそういうことをする人じゃないと思うので」

「ここに来て感情論ですか？」

「感情論というか、そもそもいなほさんにそういうことが出来ると思いますか？」

僕がかりん荘に来た初日、いなほさんは気難しい人だ、と鈴音さんと一夏さんが揃《そろ》って言っていた覚えがある。一夏さんでさえ仲良くなるのに苦労したのだと。

そんな人が、果たしていかがわしい密会なんて企《くわだ》てることが出来るのだろうか。

「まあ確かにね。性にアクティブないなほっちって想像出来ないかも」

「でもじゃあ、一色さんが警戒しながらトイレの裏に向かったのはどうしてですか？」

「トートバッグが怪《あや》しい、と僕は思ってます」

あのトートバッグは以前の気分転換《てんかん》時にも持ち出していることを確認《かくにん》済みだ。

あの中には『こっそりと楽しむべき何か』が入っているのかもしれない。

「――ハッ、もしかしておクスリ⁉　音楽界隈《かいわい》の人にほだされたのかも！」

「言っちゃなんですけど、こんな田舎《いなか》にそういう人らは居ないと思いますよ」

だからおクスリではないはずだ。

「とりあえず待ってみましょうよ」

待っていれば分かるはずだと、根拠《こんきょ》はないけれどそう思ったから僕はそう告げる。
一夏さんと先生は、その言葉にひとまず頷《うなず》いてくれた。
それから一分、二分と過ぎた頃《ころ》――
「――あっ！」
一夏さんが驚《おどろ》くような声を発した。
それはトイレの裏手から戻《もど》ってきたいなほさんを目撃《もくげき》してのモノだった。
「これは……」
先生も、そんないなほさんを見て目を丸くしていた。
かく言う僕も一夏さんや先生と同じ反応だった。
だって――
「……あれって、コスプレだよね？」
一夏さんがやっとの思いで呟《つぶや》くように、目の前の光景を端的《たんてき》に言い表してくれた。
そう――コスプレだった。
いなほさんは芋《いも》ジャージからコスプレの衣装《いしょう》に着替えていたんだ。
メイド服だった。
ひらっひらで、丈《たけ》の短い、本場のメイドさんが見たら卒倒《そっとう》しそうなほどに可愛《かわい》さ全振《ぜんふ》りの、おおよそ普段《ふだん》のいなほさんからは想像もつかない可憐《かれん》な姿だった。

そんないなほさんはトートバッグからコンパクトな折りたたみ三脚《さんきゃく》とデジカメを取り出してそれらをセッティングすると、ポージングを決めて自らの撮影《さつえい》を始めていた。

なるほど……これがいなほさんの気分転換なんだ。

誰も居ないこの場所でコスプレし、自分のその姿を撮《と》って満足する。

執筆《しっぴつ》という孤独《こどく》な戦いからの解放感を味わうには最適なのかもしれない。

そして、官能小説家であることの他《ほか》にもっとバレたくないモノっていうのは、きっとこれのことだったんだと思う。

普段は見せない明るい表情で、いなほさんは楽しそうだった。

その姿はどことなく、当時の《お姉ちゃん》に見えて――

「なんかあたしたち、馬鹿《ばか》みたいだね」

微笑《ほほえ》ましいものを見るような面持《おもも》ちで、一夏さんがふとそう言った。

「フタを開けてみればこんなに可愛い隠れた趣味《しゅみ》だったのに、勝手に変な方向にねじ曲げて捉《とら》えて、こんな感じに尾行《びこう》までしちゃってさ、何やってんだろうねあたしたち」

「本当ですよ」

先生も似たような表情を浮《う》かべていた。

「これ以上見続けるのは一色さんに悪いというものです。バレないうちに密《ひそ》やかな帰還《きかん》を選択《せんたく》するべきでしょうね」

「そだね。要っちもそれでいいでしょ？」

「もちろんです」

バレないうちに帰って、今回のことは僕たちの心の中にしまっておく。

それが一番の顚末《てんまつ》だろうから。

「よし、それじゃあ帰るぞーいっ」

そう言って来た道を引き返そうとし始めた一夏さんは、直後に——

——バキッ！

と、木の枝を盛大《せいだい》に踏《ふ》ん付けて、小気味いい音を辺り一帯に響《ひび》かせた。

「ちょっ、何をやっているんですか冴木さんっ！　ドジっ子属性はいらないですよ！」

先生が焦《あせ》ったように反応するけれど、結局はいなほさんに今の音を聞かれていなければ問題ないんだよね、と考えつついなほさんの様子を窺《うかが》ってみれば——

「……あ」

いなほさんがこっちを向いていた。

もう完全に僕と目が合っている。

バレてしまって――いた。

「～～っ……！」

いなほさんが戸惑《とまど》うような、恥《は》じ入るような、とにかく色んな感情が綯《な》い交《ま》ぜになった表情を浮かべて、それから脱兎《だっと》の如《ごと》く走り出していくのが分かった。

当然ながら、見られたくはなかったんだと思う。ショックだったのかな……。

「あ～……やっちゃったぁ……。ごめん……」

一夏さんがしゅんとし始めていた。

「やってしまったモノは仕方ないですし、私たちに謝罪しても意味なんてありません。とにかく今は一色さんを追いましょう。私たちが謝るべきは彼女ですからね」

先生の言う通りだ。僕たちは茂みから飛び出し、いなほさんを追うことにした。

三脚とデジカメが置きっぱなしだったので、一応それらを回収していく。

「いなほっち～！　ごめんよ！」

「一色さんっ、申し訳ありませんでした！」

僕たちは謝罪の言葉を叫《さけ》びながら、いなほさんのあとを追いかける。

しかしいなほさんは止まってくれない。しかも近場の森が逃走《とうそう》先に選ばれ、いなほさんが乱立する木々を上手《うま》いこと駆使《くし》して奥に進んでしまうので、僕たちは追い切れず、気が付けばいなほさんを見失っていた。

「ん～……どうしよっか。あたしのせいで、ちょっと大変なことになってきたね……」

一夏さんが落ち込んだように呟く。

「このまま帰ってこなかったりしたらどうしよ……」

「いや、一夏さんだけのせいじゃないですよ」

「晋藤くんの言う通りですね。私たちみんなの責任に決まっています」

一緒《いっしょ》に追跡《ついせき》していた時点で、誰が悪いとかじゃなくて、連帯責任なのだ。

「とにかく足を止めてる場合じゃないです。いなほさんを捜《さが》さないと」

闇雲《やみくも》に捜しても見つからない気がして、二手に分かれることにした。

ラフな格好ゆえに森の探索《たんさく》に向かない一夏さんは丘でいなほさんが戻ってこないかどうかを見ててもらうことにして、僕と先生が森の中を探《さぐ》ることになった。

※

気が付くと日が暮れ始めていた。

「……全然見つかりませんね、どうすればいいんでしょうか。もはやキルストリークを繫《つな》げてUAVを呼ぶことで一色さんの居場所を上空から暴《あば》くしかないのでは……？」

先生が僕の隣《となり》でそう呟く。某《ぼう》FPSと現実をごっちゃにし始めていた。ちなみにUAVっていうのは、某FPSにおいて敵の居場所を丸裸《まるはだか》にする無人探査航空機のことだ。

いずれにせよ先生の言う通り、依然《いぜん》としていなほさんは見つかっていない。

丘の一夏さんに連絡《れんらく》しても、そちらもやはり姿はまだ捉えていないとのことだった。

「もうこっそりと帰っている可能性もあるのでは……？」

先生がそう言ったけれど、なんだかそれもありえる気がしている。

「僕、鈴音さんに連絡してみます」

電波に問題がないことを確かめつつ、鈴音さんに電話をかけてみることに。

すると、

『──要くんっ⁉』

「あ、もしもし鈴音さ──」

『もしもしじゃないわよ要くん今どこに居るのか教えなさい居場所が気になり過ぎてこっちから連絡しようと思ったのだけれど着信履歴《りれき》を残し過ぎると気色悪がられるかもしれないから必死に我慢《がまん》して我慢して我慢してここまで過ごしていたのだけれどもう我慢の限界だからこれから電話をかけようとしていたまさにその瞬間《しゅんかん》に要くんの方から連絡が来るだ

なんてこれはもう奇跡《きせき》としか言いようがないわよねぁ本当に良かった要くんが無事で私はひと安心なのだけれど要くんは本当に今どこに居るのかしら迷子とかになって――』

僕は一旦《いったん》電話を切った。

「晋藤くん、どうしました？」

「いや……鈴音さんをクールダウンさせようと思いまして」

あとシンプルに怖《こわ》かった。

そう思っていると、鈴音さんの方から着信があった。

僕は恐《おそ》る恐る電話に出る。

「……はい」

『――要くん！　いきなり切るだなんて酷《ひど》いわ！』

「すみません……なんか電波が悪かったみたいで」

『あらそうなのね。それなら仕方ないわ。ところで要くんは今どこで何をしているの？　他のみんなもかりん荘に居ないみたいなのだけれど……ハッ――まさかホテルで淫《みだ》らな四人プレイをしているんじゃないでしょうね!?』

「してませんよ！」

というか。

「他のみんなも居ないみたいってことは、いなほさんも居ないってことですか？」

『ええ、気配は感じないわね』

じゃあまだ帰ってないってことかな……。

『ねえ要くん、あなたたちは本当に何をやっているの？』

「実は――」

と、僕は鈴音さんにも事情を伝えていく。

『……あら、そんなことになっていたのね』

「はい、だから鈴音さんはかりん荘にいなほさんが戻ってきたら僕に連絡してください」

『分かったわ。要くんたちは無理しちゃダメよ？　いざとなったら捜索願《そうさくねがい》を出すから』

「了解《りょうかい》です。じゃあお願いします」

僕は通話を終わらせる。

「一色さんはまだ戻ってないんですね？」

「らしいです。だから引き続き捜しましょう」

完全に日が暮れる前に何がなんでも捜し出してみせる。

「であれば、私たちも別れましょうか？」

「ですね」

森の中では何があるか分からないから先生と一緒に行動していたけれど、こうなった以上は手段を選ばずにバラけるべきだろう。

「じゃあ僕、こっちの方に行ってみます」

先生にそう告げて、僕は一人で森の中を捜索し始める。

それから一〇分ほど歩き、ひらけた資材置き場みたいな場所にたどり着いた頃《ころ》——

「——あ」

その場に積まれた丸太の上で、いなほさんが体育座りをしている光景が確認《かくにん》出来た。

膝元《ひざもと》に顔をうずめるその姿は、どうすればいいのか分からなくなっている幼子のようだった。

「…………」

僕たちのせいでああなっている。

だからまずは謝らなきゃっ。

「——いなほさんっ」

近付いて呼びかけた。

するといなほさんが顔を上げて僕を見る。

いなほさんはやっぱりオドオドしているけれど、今はもう逃《に》げないでくれた。

「あのっ、ごめんなさい。ついてくるなって言われたのに尾行《びこう》してしまって……」

僕は頭を下げて言葉を続ける。

「その……、いなほさんが何してるのか気になって、ひょっとしたら悪いことでもしてるのかなって考えたら僕たちみんな居ても立っても居られなくなってしまって……」

「………」

「——で、でもっ、何言っても言い訳なのは分かってますっ。悪いのは全面的に僕たちですっ。だから勝手に尾行してしまってごめんなさいっ、いなほさん！」

頭を下げたままキープする。

許してもらえたら嬉《うれ》しいけれど、そうならなくても仕方がない。

それだけのことをしてしまったように思うから。

けれど——

「……こっちこそ、ごめん……」

「え？」

まさかの謝罪に困惑《こんわく》する。思わず頭を上げていなほさんを見やると、いなほさんは続きの言葉をスマホで提示してきた。

『いなほが恥ずかしがって逃げたせいで、こんな時間まで少年たちを引っかき回してしまったことが申し訳ないんよ(ノ口;)』

「そ、そんなの……僕たちが悪いだけであって、いなほさんが謝る必要は……」

『じゃあ謝るのやめるから、少年も謝るの禁止』

「で、でも……」

『デモもストライキもないんよ(､･ε･;)　少年たちにコスプレ見られてもう何時間経《た》ってると思うん？　早い話がもはや気にしてないってことなんよな』

「……ホントですか？」

『ホントにホント。ま、自分から少年たちに合流するのは気まずかったから、こうして見つけてもらうまでジッとしてたんやけどw』

そんな文章を見る限り、いなほさんは本当にもう気にしていないらしい。

良かった……これでひとまずは一件落着なのかな。

『そういえば』

いなほさんはそんな文章を打ちつつ、丸太から降りて僕の手前にやってくる。

『このコスプレ、どう思った？』

「……感想ですか？」

『そう。今まで人に見せたことないんよ。恥ずかしいから一人でやってたのはお察しの通りなわけでな(、・ε・)』

いなほさんはその場でくるくると回ってみせた。

ひらひらのメイドコスプレ。

それは改めて見ると丈《たけ》が絶妙《ぜつみょう》に短くて、むちっとした色白の太ももが見えなそうでちらっと見えている感じだった。胸元《むなもと》は結構大胆《だいたん》にあいててセクシーだ。

ていうかよく見やれば、リゼ○に登場するあの双子の衣装まんまだった。

そして芋《いも》ジャージの時には気付かなかったけれど、いなほさんはその……結構着痩《きや》せする体質であるらしく、あいた胸元にはばいんと深めの谷間が出来ていて――

『どこ見とるん?(゜Д゜)』

「ひっ……す、すいません……っ!」

『やれやれ、男はホントにおっぱい好きやんな……このスケベw』

からかうような文章を記しつつ。

いなほさん自身の表情も楽しげにニヤっとしていて――

それはコスプレの一環《いっかん》としての表情なのか、あるいは一色いなほとしての嘘偽《うそいつわ》りない心情なのかはちょっと曖昧《あいまい》なところがあるのだけれど、しかし――

初めて目の前でまともに笑ってくれたのは確かなことで。

だから僕はなんだか――嬉しかった。

「コスプレしてるいなほさん、可愛《かわい》いと思います」

少し和《やわ》らいだ空気の中で、僕はそう告げる。

こっちが普段着《ふだんぎ》でもいいんじゃないかってほどに似合っている。コミケにこれで参戦したらカメラマンたちが集まってきてミステリーサークルみたいな囲みが出来るだろうね。

『……可愛いって、ホントなん？　キモくない？』

「キモいとは最も縁遠《えんどお》い格好だと思いますけど」

『……そう思うん？』

「はい、ホントに可愛いと思います。なんかこう、このまま持って帰りたいくらいで」

『な、何を言うとるんよ！　アホなんっ？』

いなほさんは顔を真っ赤にして照れていた。そういう表情も可愛らしいと思う。

『ま、まったく……むやみに褒《ほ》めるのはやめて欲しいんよな(、・ε・`)』

「す、すみません。でもいなほさんはもっと感情を表に出していいんだと思います。せっかくキュートな外見をお持ちなわけですし」

『は？　せやからとりあえず調子乗んなデコ助(、・ε・`)』

「デコ助……っ⁉」

『いなほが求めたのは感想だけなんよ。口説こうとまではしなくてええんよ。少年がいなほを口説こうとするなんて一、二年早いわ』

割と近かった！

『でもま』

区切るようにそう記し、いなほさんは肉声で続けた。

「そう言ってくれるのは嬉しいから……その、ありがと……」

少し赤面しつつのそんな言葉は、これまでにない親愛の情を感じて——

僕の心へと、確かに響《ひび》いていた。

「いえ、こちらこそっ」

だから気分よく返事をしつつ。

僕は来た道をいなほさんと一緒《いっしょ》に戻《もど》り始めていくのだった。

第六章　お姉さんだらけの小旅行に誘《さそ》われた件

『要《かなめ》くん、今日はちょっとお出かけしよっか』

『え？』

とある休日の朝。いつもの公園でおねえちゃんに出くわしたぼくは、そんな風に誘われておねえちゃんと一緒に初めてのお出かけをすることになった。

『どこに行くの？』

『にひひ、いいトコだよ』

おねえちゃんはぼくを駅まで連れてって、そこから電車に乗せたんだ。お金は全部おねえちゃんが出してくれた。

『わぁ、お外の景色がぶぅーんって過ぎてくよ！』

『電車は好き？』

『わかんない。おねえちゃんが居るから楽しいのかも！』

『そっか、ありがとね』

にこやかに微笑《ほほえ》んだおねえちゃんと一緒に、ぼくは一時間ほど電車に乗っていた。

『はい要くん、ここで降りるよ！』

『はーい！』

おねえちゃんに手を引かれて、ぼくは海辺の駅に降り立った。

『海だ！　砂浜《すなはま》があるよ！　およぐのっ？』

『泳ぐのは時期的にまだ早いかな〜。今日の目的地はこっちね』

やがてたどり着いたのは古い旅館だった。

『はいっ、到着《とうちゃく》！　にひひ〜、今日はここにお泊《と》まりするんだよ？』

『え、お泊まり？　今日は帰らないの？』

『うん、帰らないよ』

『でもぼく、じいちゃんとばあちゃんにお許しもらってないよ？』

『今日くらいは平気だって。さ、お部屋行こうね？』

『お金は？』

『要くんは何も心配しなくていいんだよ？』

そう言われ、ぼくはその日一日を旅館やその近くでおねえちゃんと一緒に過ごした。

大好きなおねえちゃんといっぱい過ごせるなら、じいちゃんとばあちゃんのお許しとかそんなに気にならなかった。

ぼくとおねえちゃんは海辺を散歩したり、近くで開かれていたお祭りに参加したり、一緒に温泉に入ったり、一緒のお布団《ふとん》で寝《ね》たりした。

夜中にふと目覚めたらおねえちゃんが真横で寝ているのは不思議な感じだった。

いつもは公園でしか会わないのに、今日はずっと一緒に居られる。

浮《う》かれたぼくは、寝ているおねえちゃんにキスをしようとしたんだけれど、

『にしし～、バレてるぞ～？』

寝たふりをしていたおねえちゃんにまんまと騙《だま》されて、恥《は》ずかしい思いをすることになって、

『でも、私もしたいからしちゃう』

そう言っておねえちゃんの方からキスをしてくれたんだ。でもそれは――

『なんだ、ほっぺか……』

『何かな～？　お口が良かったの？』

『うん……』

『ふふ、お口はもう少しオトナになってから……ね？』

『や、約束だよっ？』

『うん、約束だね』

『お、おねえちゃんってぼくのことが好きなの？』

『にひひっ、どうかな〜？』

はぐらかすように言いつつ、おねえちゃんはぼくの体を抱き締《だし》めて――

『ま、そんなことよりおねんねしようね？　夜更《よふ》かしはいけないことなんだからさ』

そうしてぼくたちは、お互《たが》いを抱き締め合うようにして眠《ねむ》りにつくのだった。

※

「――――」

ハッとする。

見慣れたかりん荘の天井《てんじよう》が見えて、そっか……。

今のは夢だったのだと悟《さと》った。ちゅんちゅん、と小鳥のさえずりが聞こえてくる中で、僕は上体を起こしてぐーっと伸《の》びをする。

「あのあとって確か……」

カーテン越《ご》しの朝日に目を細めながら、僕は夢の続きを思い出す。

と言っても、大した続きじゃない。

普通《ふつう》に寝て起きて、午前中のうちに電車に乗って帰ったという顚末《てんまつ》だから。

でも帰ったら祖父《じい》ちゃんと祖母《ばあ》ちゃんが泣いて出迎《でむか》えてくれたのは覚えている。許可を取らなかった小旅行は、祖父ちゃんと祖母ちゃんにしてみると短い神隠《かみかく》しだったに違《ちが》いない。僕は結局正直に何があったのかは話さず、よく覚えていないと誤魔化《ごまか》した。

「でも今思うと、あの時の《お姉ちゃん》ってすごい綱渡《つなわた》りをしたよね……」

僕を無断で小旅行に連れ出したのだ。

一歩間違えば誘拐《ゆうかい》犯。

そこまでして僕をあの小旅行に連れ出した理由はなんなんだろう。

……《お姉ちゃん》も僕のことが好きだったのかな？

そうだったら嬉《うれ》しいけれど、《お姉ちゃん》の気持ちはハッキリとしていない。

《お姉ちゃん》は結局、僕のことをどう思っているのか言ってくれなかった。

僕の片思いだったのか、あるいは両思いだったのか。

《お姉ちゃん》は謎《なぞ》だらけの存在だったから、そんなことさえ分からない。

「それはそうと……」

僕は壁《かべ》にかけたカレンダーを眺《なが》める。四月も最終盤《ばん》。世間はゴールデンウィークに突《とつ》入《にゅう》していて、僕もその恩恵《おんけい》にあずかって連休の真《ま》っ只中《ただなか》にあった。

相変わらず、《お姉ちゃん》に関しては何も分かっていない。かりん荘の住人の誰《だれ》かが《お姉ちゃん》なのか、あるいはかりん荘の外にこそ《お姉ちゃん》は居るのか。

もっとヒントが欲《ほ》しいけれど、《お姉ちゃん》からのメッセージはあのメモ用紙以外には届いてないし、これじゃあ《お姉ちゃん》にはいつたどり着けるのやら。

焦《あせ》っちゃいないものの、こうも進展がないと不安にもなる。

かくなる上は、もうちょっと貪欲《どんよく》に探《さぐ》りを入れてみようかな。

「……ん？」

そう考えていた直後に、枕元《まくらもと》のスマホが着信の明かりをぺかぺかと灯《とも》していることに気付いた。どうやら寝ている間に誰かから連絡《れんらく》があったらしい。履歴《りれき》を確認《かくにん》してみる。

――と、非通知の着信が一件、残されていた。

「誰だろ……」

最近は個人情報の漏《も》れとかで妙《みょう》な業者からの連絡があったりするし、もしかするとそういうたぐいのアレかもしれない。無視でいいか、と僕は即刻《そっこく》そう判断したのだけれど――

直後に、その非通知からの着信があった。

無視しようって決めたタイミングで再び着信があるのは気持ち悪い。しかも僕の着信音は有名ホラー映画《着信ナシ》の着信音に設定してあるので、なおさらだ。

僕はここで無視を選択《せんたく》することも出来たのだけれど、なんとなく、気の迷いで通話ボタンをタップしていた。

「もしもし……？」

恐《おそ》る恐る問いかけるも——

『………』

反応はなかった。やっぱりイタズラのたぐいなのかな。

そう考えてスマホを耳から離《はな》そうとしたその直後——

『要くん……そのうち会おう、ね？』

機械音声じみた発音でそんな言葉が発せられ、僕はびくりと体を震《ふる》わせた。

「な、なんだって？　誰ですかあなた——」

と尋《たず》ねた時にはもうすでに、通話は向こうから打ち切られていた。なんなんだよ、と戸《と》惑《まど》う一方で、僕の名前をくん付けで呼んでいたことに引っかかりを覚える。

「まさか《お姉ちゃん》……？」

仮にそうだとして、そのうち会おうって一体何さ……？

「——要くん！」

そんな時だった。玄関《げんかん》から鈴音《すずね》さんがすごい勢いで入り込んできて、僕の布団の真横にしゅばばばと滑《すべ》り込んできたのが分かった。――な、何事っ!?

「要くん聞いて！　一大事よ！」

「そ、その前に少し待ってください！　どうして鈴音さんは今僕の部屋に入ってこれたんですか！　鍵《かぎ》は閉めていたはずなんですけど！」

「大家には魔法《まほう》の鍵があるのよ」

マスターキー使われた……！

「そ、それを使わなきゃいけないほどの緊急《きんきゅう》事態が起こったってことですか？」

「そうよ、これを見てちょうだい」

鈴音さんがチケットらしきモノが入った封書《ふうしょ》を見せつけてきた。

「……なんですかこれ？」

「当たったのよ」

「……何がですか？」

「――さっき朝の買い物に行ったら商店街の福引きで旅行券が当たってしまったのよ！」

な……なんだって――っ!!

「ど、どこ行きの旅行券なんですか？　まさかハワイとか!?」

「いいえ、割と近場の宿みたいね」

「なんだ……」

ちょっとテンション高くして損した。

「……そもそもどうしてそれを僕に知らせる必要が？」

「それは当然、要くんを誘《さそ》うためよ？」

鈴音さんは僕の布団に入り込んでくる。……ちょ、ちょっと！

「ねえ要くん、この旅行券で私と一緒《いっしょ》にお出かけしましょうよ。ね、いいでしょう？」

「ま、待ってください。なんで布団に入ってきてるんですか！」

「なんとなくよ。強《し》いて言うなら要くんにくっつきたいからに決まっているわ。ほら、朝からニットセーター越しのおっぱいはいいものでしょう？（ふにふに）」

「お、押し付けてくるのやめてください！」

「その嫌《いや》がる顔が見たいからやめないわ」

真顔で何言ってんだこの人！

「さあそれより要くん、私と旅行に行きましょうよ。ね？」

「……い、行くにしてもいつの話になるんですか？」

「明日よ」

急だな……っ！

「だってこの旅行券の期限、ゴールデンウィーク中だけらしいのよ。だったら早くに行っちゃった方がいいでしょう？」

「確かにそうですね……」

でももうひとつだけ気になることがある。

「……他の人は誘えないんですか？」

「え、ええそうね、他の人は無理無理無理のカタツムリよ……？」

あ、これ嘘《うそ》ついてる顔だ。目が滅茶苦茶《めちゃくちゃ》泳いでるし。

「鈴音さん」

「な、何かしら……？」

「その旅行券って別にペアチケットじゃないですよね？」

「ぺ、ペアチケットよ？」

「嘘をつくような人は嫌《きら》いになりますよ？」

「——五名までの団体券でございます」

すごい手のひら返しを見た気がするんだけど！

「ええと……五名まで行けるんですか？」

「行けるでございます」

「日本語がおかしくなってるんで普通に話してください」

「行けるわ。五名までね」

「じゃあ僕はかりん荘のみんなで行きたいです。明日の予定が合えばですけど」

正直、その旅行券は棚《たな》ぼたにもほどがあった。

《お姉ちゃん》はかりん荘に住まう誰かなのか、あるいはかりん荘の外の誰かなのか。

可能性としては前者の方が高いんじゃないかと、僕はまだそう思っているから、住人である四人に更《さら》なる探りを入れやすい状況《じょうきょう》を作りたい。

その状況の最適解はバカンスだろう。

丸一日休みを設けてあげれば、四人それぞれとじっくり一対一の会話が出来る場面があるはずだ。バカンスだからと気も緩《ゆる》み、何か有益な情報をこぼしてくれる可能性も高くなるだろう。それこそ《お姉ちゃん》であることの自白も狙《ねら》えるんじゃないかと思っている。

もちろん自白は四人の中に《お姉ちゃん》が居ればの話だけれど。

「要くんはここの五人で旅行に行きたいのね？」

「はい、良い思い出になるんじゃないかと思いますし」

狙いは隠《かく》してそう告げる。

「分かったわ。じゃあみんなの予定が合えばそうしましょう。……本当は要くんを独占《どくせん》したいのだけどね」

ぼそりと聞こえた付け足しの言葉は、まあありがたいことではある。

でも五人で行くんだ。

……単純にお姉さんまみれの旅行にも興味があるしね。

※

結論から言えば、鈴音さん以外の住人も予定に問題はなくて、それゆえに——

「いやあ、一泊《いっぱく》の旅行楽しみだね要っち～？」

翌朝、僕たちは電車に揺《ゆ》られていた。普通《ふつう》列車の座席に五人並んで座っている。連休中だけれど田舎《いなか》だから、電車はそれほど混んでいない。

「でもみんなよく予定合ったよね。あたしは普通にお休みで、鈴音っちは実質ニートだからアレだけど、香奈葉《かなは》っちはゴールデンウィークだろうと部活の顧問《こもん》とかないの？　いなほっちも原稿《げんこう》は大丈夫《だいじょうぶ》？」

「心配はご無用です。私は所詮《しょせん》交代制の副顧問でしかなく、連休は確保出来ましたから」

『今日は原稿お休みなんよ（｀・ω・´）』

「でも予定が大丈夫だからって二人ともよく参加したよね。香奈葉っちはせっかくの休みならゲームを優先しそうだし、いなほっちはこういうガヤガヤしたの苦手そうなのに」

「まあゲームもやりたくはあったんですが……冴木《さえぎ》さんやどこぞのソシャゲ狂《ぐる》いが参加するこの旅行に晋藤《しんどう》くんを一人で放り込むわけにはいきませんからね。つまりは晋藤くんの保護者役として私は参加を決めたんです」

『確かにガヤガヤしてるの苦手だけど、少年が居るから我慢《がまん》して参加したんよ(・ε・)』

「そこの淫行《いんこう》教師はアレとしても、いつの間にかいなほちゃんまで要くんに興味を抱《いだ》いてしまっていたのね」

「ちょっと要っちぃ～、四股《よんまた》はあまりにも罪な男なんじゃないの～？」

隣《となり》に座る一夏《いちか》さんが「このこの～」と肘《ひじ》で小突《こづ》いてくる。

「よ、四股って……僕なんかがそんなこと出来るわけないですし……四人とも魅力《みりょく》的だから恐れ多くもありますし……」

そんな台詞《せりふ》もこれまたからかわれたりする中で、僕はこれからの行き先にひとまず意識を向けることにした。今回の旅先は、千石《せんごく》町からほど近い海辺の旅館だった。

その情報を聞いた時、僕はぞわっと怖気《おぞけ》立った。なんせその目的地は一〇年前に《お姉ちゃん》との小旅行で訪《おとず》れたあの旅館だったからだ。

神様ってヤツが実際に居るんだとすれば、趣味《しゅみ》がいいのか悪いのか分からないぐらいに気持ちが悪いタイミングでとんでもないモノをプレゼントしてくれたもんだ。まさかあんな夢を見たあとにその場で小旅行だなんて……。

でも、これも何か運命の導きなのかもしれない、と僕は思っている。

もしかしたら《お姉ちゃん》に関する何かが見つかる前触《まえぶ》れかも。

そんな漠然《ばくぜん》とした思いと共に、僕はお姉さんたちと一緒に電車に揺られ続けた。

やがて目的の駅で降りると、目の前にはやはりあの時と同じくビーチが広がっていた。

「ひゃー！　海だよ海！　ねえねえ要っち、泳ぎたくないっ？」

「時期が早過ぎますって……」

「じゃあ夏になったら二人で来ようね？　で、岩場の陰《かげ》でムフフなことしちゃおっか？」

「な、何を言って……っ」

耳元で妙《みょう》なことを囁《ささや》かれ、僕は顔を赤くしてしまう。

「冴木さんはまた晋藤くんに妙なことを吹《ふ》き込んで……。はあ、やれやれですね。少しは私の清廉《せいれん》さを見習って欲しいものです」

「香奈葉ちゃんを見習ったところで処女性が長引くだけよね」

「は？」

「お？」

「りょ、旅行に来てまで喧嘩《けんか》はやめようよ。ね、二人とも？」

鈴音さんと先生のバチバチ火花に割って入る一夏さんだった。

『あほらし(・_・)』

そんな光景を遠巻きに見ていたいなほさんが、そそくさと僕の隣にやってくる。

『さあ少年、あんな色ボケ女たちは放っておいて、先に旅館まで行くんよ(、・ε・)』

いなほさんが僕の手を引っ張り始める。

あのコスプレ目撃《もくげき》事件以降、いなほさんは僕にだけ妙に積極的だった。

「あ、ほらっ、鈴音っちと香奈葉っちが無駄《むだ》なことやってる間にいなほっちが抜《ぬ》け駆《が》けしちゃってるって！」

一夏さんがそう言ったことを皮切りに、僕の周りに鈴音さんたちも集まってきて、とにかくわいわいがやがやと騒《さわ》がしいまま、宿泊《しゆくはく》先の旅館に到着《とうちやく》した。

《お姉ちゃん》と泊《と》まった時から時間が止まっているかのように、その旅館は一〇年前と変わっていなかった。

僕たちは宿泊部屋に通され、とりあえずひと息ついた。

「さてと、それじゃあこれから何をして過ごしましょうか」

鈴音さんが誰《だれ》にともなく問いかけた。

この旅館の近くには一応お出かけスポットが割とある。ふもとの港町ではこの時期お祭りが開かれているし、海辺の散歩も出来るし、裏山に行けば大自然も味わえる。

「はいはいっ、あたしは要っちと二人きりでお祭りに行って動画撮《と》りたいかな！」

「私は裏山で晋藤くんと一対一のサバゲーがやりたいですね。装備は持ってきてますし」

『いなほは誰も居ないところで少年に新しい気分転換《てんかん》コスプレを披露《ひろう》したいんよ』

やりたいことがバラバラじゃないか！

「私も要くんとのんびりソシャゲしつつお散歩したいのよね。こうなったら要くん、今すぐ四人に分裂《ぶんれつ》しなさい」

「アメーバかよ！」

かぐや姫《ひめ》もびっくりするような鬼畜《きちく》要求はやめて欲しい。

「僕は当たり前ですけど分裂出来ません。だから時間制で交代するような感じで、僕がそれぞれと個別に遊ぶ、っていうのはどうですか？」

個別にじっくり探《さぐ》りを入れるためにも、それがベストだと思うから。

「そうね、折衷案《せっちゅう》としてはそれが一番かもしれないわ。本当はイヤだけれど」

「ま、そだね。じゃああたしもそれでいいよ」

「分かりました。私もそれで構いません」

『いなほもそれでＯＫ』

「じゃあ決まりですね。交代までのタイムリミットは一時間ってことで」

あっさりとそうすることが決まったあとは、僕と遊ぶ順番を決めるためにみんながジャンケンをやり始めた。

『いえーい、いなほの勝ち☆』

どうやら僕と遊ぶ一番手はいなほさんに決まったようだ。

『なんで負けたか、明日まで考えといてください。ほな、いってきます（、・ε・）』

「くぅ、いなほっちつえー……。じゃあ負け組のあたしたちはお祭りに行こっか」

「なんですって？　このシューターお化けとお祭りなんて楽しめないわ」

「それはこちらの台詞です。あなたと出かけるくらいなら蟻地獄《ありじごく》を眺《なが》めた方がマシかと」

「まあまあ。ね？　そう言わずに行こうよ。ただ待ってるだけは暇《ひま》だしさ」

一夏さんがそう言って鈴音さんと先生を連れ出していく。一夏さんはさっきも二人の仲を取り持とうとしていたし、意外と面倒見《めんどうみ》がいいんだよね。

「じゃあいなほさん、僕たちも行きましょうか。気分転換に新しいコスプレを見せてくれるんですよね？」

『その通り。山の方に行けば人は居ないはずだから、そこで我が真髄《しんずい》を見せてくれよう』

くくく、と若干厨二《じやつかんちゆうに》チックな笑いを見せてくれるいなほさん。

慣れた人にはこういう接し方をするのが普通っぽいんだよね。

暗いように見えて、実は人一倍お茶目なのかもしれない。

ともあれ、僕はいなほさんと一緒《いつしよ》に旅館を出発した。

※

『このへんでいいかも？』

裏山に足を運んで、およそ一〇分後——僕といなほさんは山道から少し外れたところにある、綺麗《きれい》な渓流《けいりゆう》のそばで足を止めていた。祭《まつ》り囃子《ばやし》が時折風に流れて聞こえてくるけれど、基本的には静かで、人は当然のように居なかった。

『じゃあちょっと着替《きが》えるから後ろ向いてて欲しいんよ』

「分かりました」

いなほさんに背を向けて、僕は少し思い出す。

この場所、《お姉ちゃん》との小旅行で立ち寄っている。散歩の一環《いつかん》で立ち寄っただけだから特筆するような思い出はないんだけれど、《お姉ちゃん》と手を繋いで一緒に歩いた場所なのは確かだった。

いなほさんの着替えが終わったら、ぼちぼち探りを入れてみようかな。少しでも《お姉ちゃん》へと近付くために。

そう考えていると、衣擦《きぬず》れの音が僕の耳に入り込んできた。

真後ろで、いなほさんが芋《いも》ジャージからの着替えを行なっている。

今振《ふ》り返れば下着姿のいなほさんが見られるかもしれないけれど、もちろんそんなことはしない。あくまで紳士《しんし》に。ステイクールだよ、僕。

『お　ま　た　せ』

ジッと耐《た》え忍《しの》んでいると背後から手が伸《の》びてきて、そんな文字が打たれた画面を見せつけられた。コスプレへの着替えが完了《かんりょう》したってことかな。

「そ、そっちを向いてもいいんですか？」

「……いいよ」

ぼそりと返事が聞こえて、僕は振り返った。

すると——

「わぁ……」

予想外の格好をしているいなほさんがそこには佇《たたず》んでいて、僕は驚《おどろ》く。この間はメイド服だったけれど、今回はそれとはまったく別方向のコスプレというか……。

『ど、どう?』

恥《は》じらいの表情で僕を見つめてくるいなほさん。

その姿は何を隠《かく》そう――ビキニアーマーだった。アーマーのくせに防御《ぼうぎょ》力を捨てているという訳の分からない装備の代表格であるそれを、いなほさんは身に着けていた。

正直に言って僕の視界への破壊《はかい》力が凄《すさ》まじい。僕より若干小柄《こがら》ないなほさんだけれど、その体は結構えちえち。脱《ぬ》ぐとすごいのはこの間知ったつもりだったものの、僕は改めてそのすごさを痛感していた。胸なんてもうあふれんばかりだし、おへそは可愛《かわい》いし、太ももはむちむちだし、ちょっとこれは青少年に悪影響《あくえいきょう》を与《あた》えかねないレベルの代物《しろもの》だ。

「いなほさん……これはいい意味でダメです」

『ど、どういうこっちゃ……(、・ε・`;)』

「これは他の誰かに見せちゃダメです。多分ひん剝《む》かれます」

『そんなん言われんでも、少年以外には見せんし』

そう言われて、少し嬉《うれ》しかった。

『それより少年、おっぱいばっかり見るやん。スケベやん』

「み、自らその格好になったいなほさんにだけは言われたくないです」

『確かに(ﾟДﾟ)』

ハッとした表情を浮《う》かべたいなほさんは、それから開き直ったように腕《うで》を組む。

『でもええやん？　ビキニアーマーは何気に着るの夢だったんよ。子供の頃《ころ》にド〇クエやっとったらその手の装備が手に入ったり、モブのお姉さんにそれっぽいのがおったりして、可愛いなって思ってたんやもん(｀・ε・´)』

「ドラ〇エやったことないからよく分からないです」

『は？』

いなほさんが目を見開いて僕を見た。

『まさかＦＦ派なん？』

「え、いや、ＦＦもやったことないですけど……」

どっちもそれなりにナンバリングが続いているから入りづらいっていうか、年配の人たちが楽しむゲームの筆頭という感じで遠巻きに見ている。僕が好きなＲＰＧはペル〇ナだ。

『今の子ってそういう感じなん……(｀・ε・´)』

いなほさんが露骨《ろこつ》にテンションを落としていた。……なんだろう、僕は的確にジェネレーションギャップの地雷《じらい》を踏《ふ》み抜いてしまったのだろうか。

「で、でもビキニアーマーは素敵《すてき》だと思いますっ！」

そうフォローしつつ、僕は話題を変えることにした。――それこそ探りの方向へと。

「そ、それよりいなほさん、少し聞いてもいいですか？」

『……何？』

「いなほさんは、僕と一緒にここに来たことってあったりします？」

『？　なんよその質問』

「実は僕、ある人を捜《さが》しているんです」

目線をいなほさんから離《はな》さずに、僕は言葉を続けていく。

「幼い頃ものすごくお世話になった《お姉ちゃん》が居まして、僕はその人を捜していま す。で、その人はもしかするとかりん荘に住まう誰かかもしれないんです」

『へえ……』

いなほさんは薄《うす》い反応を見せた。

「だからもし《お姉ちゃん》に関して何か知っていたら教えてください。もしくは、いなほさんこそが《お姉ちゃん》だったりしませんか？」

『知らないし、違《ちが》う』

いなほさんはそう記した。

『少なくともいなほは、何も有益な情報を持ってないんよ。済まんな』

本当だろうか、と僕は疑いをかける。

何かを知っている可能性はあるし、本人だけれど否定している可能性もあるはずだ。

でもそう答えた以上、更《さら》に何か聞いても僕が望む答えは返ってこない可能性が高い。

だから僕は潔《いさぎよ》く一旦《いったん》しりぞく。

「いえ、お気になさらず。変なことを聞いてすみませんでした」

『まあせっかくの旅行やし、小難しいことは考えなくていいんやないの？』

「そうですね」

『大体、この場で別の異性の話をし始めるってどういう神経しとるん？　昔の女じゃなくて目の前のおっぱいを楽しむべき(、・ε・`)』

「——わわっ……！」

いきなりいなほさんに抱《だ》き寄せられ、僕の顔はいなほさんの谷間に埋《う》もれてしまう。

「少年にはいなほだけを見てて欲しい……」

恥じらいつつも勇気を振り絞《しぼ》ったような、いなほさんの肉声だった。

「み、見るという行為《こうい》を越《こ》えてますけど……！」

いなほさんのおっぱいはふわふわだった。あらがう気力が失われそうなくらい、それはもはやこの世で最も極上《ごくじょう》なクッションに思える。

「少年はいつも大変そうだから……今だけでも癒《い》やされて欲しい……」

「あ、ありがとうございます……」

「いなほにこんなことされても……嬉しくないかもしれないけど……」

「う、嬉しいです！　僕お姉さんが好きなので！」

そう告げると、いなほさんは照れたように応じる。

「いなほ……お姉さんっぽいかな……？」

「ぽいです！　というか実際に僕より年上のお姉さんなわけで！」

「でもいなほ……ちっちゃいし……」

「ちっちゃいお姉さんもいいと思います！」

そもそも僕もミニマムなのだし。

「あと、せっかく可愛い声なのでもっと喋《しゃべ》って欲しいですっ」

「でも喋るの……苦手だから……」

「今みたいな感じでいいんですよ。別に面白《おもしろ》いこと言わなくていいので」

「……そう？」

「はい」

「じゃあ……二人きりの時だけ、善処してみる……」

「——っ、はい、お願いします！」

「それより……おっぱいは落ち着く……？」

「お、落ち着きます……」

「……えっち」

ぼそぼそとしたいなほさんの声になじられつつ、僕はいなほさんとの残り時間をのんびりと過ごすことになった。

※

「次は私の番です。二番手を決めるジャンケンで勝ちましたのでね」

タイムリミットが訪《おとず》れたいなほさんを旅館まで連れて戻《もど》ると、そこには先生が待機していた。鈴音さんと一夏さんは見当たらない。引き続きお祭りを楽しんでいるのかも。

「こほん。少しお尋《たず》ねしますが、一色《いっしき》さんと良からぬことはしなかったんですよね？」

「そ、それはもう当然ですよ……」

おっぱいクッションの件は棚《たな》上げして、僕は誤魔化《ごまか》しにかかる。

ところが――

『外でスるのは気持ち良かったんよ……』

と、いなほさんが無駄《むだ》に意味深な文章を記したせいで、先生が顔を真っ赤にし始める。

「そ、外でスるだなんて不純です！」

「したテイで話を進めないでくださいよ！　僕たちは何もしてませんから！」

『少年は情熱的だったんよ……』

「し、晋藤くんっ⁉」

「だから誤解ですって！　コスプレを見せてもらっただけなので！　――いなほさんも意味深な文章を打たないでください！」

そんなやり取りののち、いなほさんは今しがたの体験を活《い》かして原稿《げんこう》が書きたくなったとのことで、旅館の宿泊《しゆくはく》部屋に戻っていくのだった。

「では改めて、私との番ですね」

「先生は確か、タイマンのサバゲーがしたいんでしたっけ？」

「そう考えていたのですが、よくよく考えてみると正規のフィールドではないところで撃《う》ち合うのはよろしくない気がしたのでやめたいと思います」

「じゃあどうするんですか？」

「どうしましょうかね。私はただ楽しく銃《じゅう》を撃ちたいだけなのですが……」

「だったら……お祭りのどこかに射的の出店とかありませんでした？」

「あ、そういえばありましたね！　あぁそうですよ射的でいいじゃありませんか！　ふふんっ、その昔〝景品狩《が》りのカナちゃん〟と呼ばれた実力を見せて差し上げましょう！」

「お、お願いします」

そんなわけで、テンションが高くなった先生と一緒《いっしょ》に射的の出店へと向かうことに。

その道すがら、僕は先生にも探《さぐ》りを入れてみる。

「先生、ちょっと質問いいですか」

「なんでしょう？」

「先生って、《お姉ちゃん》ですか？」

もはや最初からダイレクトアタックだ。仮に先生が《お姉ちゃん》だったとしても素直に頷《うなず》くことはないだろうけれど、変わった反応が見られる可能性はあるはずだ。

「お姉ちゃん？　私に妹や弟が居るかどうか聞きたいんですか？」

まあ普通《ふつう》の反応かな。

でもこの反応が演技の可能性もあるから、僕はもっと踏み込んでいく。

「そうじゃないです。僕には捜している人が居まして、その人をずっと《お姉ちゃん》って呼んでいたんです。《お姉ちゃん》は昔、幼い僕の遊び相手になってくれた人で、それから一〇年が経《た》った今、もう一度会いたいなって思って捜しているんです」

「へえ、どことなくロマンチックな関係性ですね」

他人行儀《たにんぎょうぎ》な反応が続く。

もし先生が《お姉ちゃん》なら多少は動揺《どうよう》すると思うんだけれど、しないから違う？

でも演技かもしれないし……。

「もしかして、私がその《お姉ちゃん》じゃないかと疑っていますか？」

「まあ少しだけ……」

「でしたら、それは違うと言っておきましょうか」

いなほさんに続く『違う』宣言をいただいてしまったけれど、僕はそれを信じない。

「分かりました。ありがとうございます」

でもひとまず、しつこい追及《ついきゅう》はやめておく。なんせ本当に違ったらすごく迷惑《めいわく》なだけだから、何か証拠《しょうこ》を手に入れるまではこれくらいの踏み込みが限度だった。

やがて、ふもとのお祭り会場に到着《とうちゃく》した。人がそれなりに居て、その流れに体が持って行かれそうになる。

「はぐれると大変ですし、手を繋《つな》ぎましょうか。私は《お姉ちゃん》ではありませんからこうされても迷惑かもしれませんが、今は私と居るんですから私だけを見てください」

そう言って先生が手を繋いでくれた。なんかちょっと怒《おこ》ってる……？

「べ、別に《お姉ちゃん》に嫉妬《しっと》しているわけではありませんよ？　変な勘違《かんちが》いはしないでくださいねっ。これはあくまで迷子防止策なだけですからっ」

「は、はあ……そういえば鈴音さんや一夏さんもこの辺りに居るんですよね？」

「ええ、居ると思いますよ。食べ歩きをしていたはずです」

食べ歩きは楽しそうだ。僕も何か食べたいよ。焼きそばとか美味《おい》しそう。

「あ、射的がありましたね！　景品がずらりです！」

射的の出店を見つけた先生が、弾《はず》んだ足取りで僕の手を引いていく。

「お金は私が出しますので、晋藤くんからお先にどうぞ」

「じゃあ、お言葉に甘えて……」

僕は目の前の銃を摑《つか》んでは、コルクの弾《たま》を詰《つ》め込んでいく。さてと、何を狙《ねら》おうかな。

銃を構えつつ、やがて欲《ほ》しいモノが決まったので、それに狙いを定めていく。

――と、

「晋藤くん、違いますね」

先生が急にそう言ったかと思えば――

「よろしいですか、銃はこう構えるんです」

と僕におもいっきり密着して、姿勢を正し始めてくれて……っ!?

「せ、先生……っ!?」

「正しい姿勢で撃たなければ当たるモノも当たりません。ですからしっかりと、です」

先生はあくまで冷静に、僕に密着したまま矯正《きょうせい》を続けてくれる。

それはありがたいんだけれど、あろうことか先生のおっぱいが圧倒《あっとう》的なむにむに感と共に僕の体に当たっていた。先生のおっぱいって結構おっきいんだよね、家で牛柄《がら》のパジャマを着てるのって自慢《じまん》なのって思う程度には。集中力が欠けちゃうよこんなの……。

「晋藤くん、違います。もう少しここをこうです」

「こ、こうですか？」

でもおっぱい当たってますよって言い出せる状況《じょうきょう》でもないから、僕は大人しく密着矯正をされ続けていく。

「さて、こんなもんですかね。いいですよ。狙いを定めて撃ってみてください」

先生が僕から離《はな》れていく。いざ離れられるとちょっと残念な気分を覚えつつ、それでもしっかりと目的の景品を狙って、僕はトリガーを引き絞った。

——外れる。

でも一発で終わりじゃないから、僕は次のコルクを詰めてもう一度狙った。

——外れる。

横では先生が射的を開始しようとしていた。

「さて、景品狩りのカナちゃんの実力——目ェおっ開いて刮目《かつもく》しとってもらうけぇ！」

ゲームプレイ時の荒《あら》い性格に変貌《へんぼう》した先生が、なんかものすごい勢いで景品を撃ち落とし始めている。これには歴史上最強スナイパーのシモヘイヘもびっくりだろうね。

僕も負けじと目的の景品を狙っていく。

それなりに外し続けはしたけれど、それでも最後の一発で僕は——

「——やったっ」

「お、やっと当たったじゃねえか坊主《ぼうず》。ほらよ、おめっとさん」

店主のおっちゃんが褒《ほ》めてくれた通り、どうにか当てることが出来たのだった。

僕は銃を置き、景品を受け取る。先生も同じように景品を受け取っているけれど、僕とは数が段違い。さすがは景品狩りのカナちゃんだ。

「あ、それ可愛《かわい》いですね」

先生が、僕の撃ち落としたモノを見て目を輝《かがや》かせていた。

僕がゲットしたのは——デフォルメされた牛のキーホルダーだ。牛柄の着ぐるみパジャマを着るくらい牛が好きなのであろう先生にしてみれば、垂涎《すいぜん》モノかもしれない。

だから僕はそのキーホルダーを先生に差し出した。

「どうぞ先生、受け取ってください」

「……へ？」

意味が分からないと言わんばかりに先生は首を傾《かし》げる。

「ど、どうしてそれを私に……？」

「射的のお金を出してもらったので、そのお返しです」

「え、いや、そんなの気にしなくていいんですよ？」

「でも先生が気にしなくても僕が気にしちゃうんで、遠慮《えんりょ》せずに受け取ってくれると嬉《うれ》しいです」

そう告げると、先生は頑《かたく》なに受け取らない方が失礼にあたると考えたのか、直後にすんなりと受け取ってくれた。その目は多少潤《うる》んでいた。

「……晋藤くん、うぅ……ありがとうございまちゅ……」

「な、泣くポイントありました？」

「……生徒からのプレゼントは嬉しいものなんですよ、まして牛ですからね」

先生は牛のキーホルダーを大事そうにしまうと、涙《なみだ》をぬぐいつつにこっと微笑《ほほえ》んだ。

「大切にしますね？」

「そうしてください。別に粗末《そまつ》に扱《あつか》ってもいいですけどね」

「いえ、意地でも大切にしますっ」

そんなありがたい宣言をしてくれた先生との時間は、それからも緩《ゆる》やかに続くのだった。

※

「あ、要っちと香奈葉っちじゃん。二人もお祭りに来てたんだねっ」

先生との時間がまもなく終わろうかという頃《ころ》、前方から一夏さんが歩み寄ってくることに気付いた。鈴音さんは一緒ではないらしい。

「ぼちぼち交代の時間だよね？　次はあたしの番だぞ要っちぃ～！」

ということは鈴音さんが最後らしい。

「一応言っておきますけど冴木さん、晋藤くんに良からぬ真似《まね》はしないようにしてくださいね？　不純ではなく清純にお願いします」

「にひひ～、そんなこと言っちゃってさぁ、どうせ香奈葉っちも今の時間に不純なことをしてたんじゃないのかな～？」

「してません よ！　私は天然水の擬人《ぎじん》化と言われるほどに清い存在ですから！」

「ホントかな～？　ねえ要っち、えっちなことってホントにされなかった？」

されたされないで言えばされたよね……密着矯正の時におっぱい押し付けられたし。

でもあれはわざとじゃないからノーカウントでいいはずだ。

「まあ、されなかったかなと」

「うわ、ホントにしなかったんだ。香奈葉っち真面目《まじめ》過ぎない？　そんなんだからユニコーンに好かれやすい属性を維持《いじ》しちゃうんだよ」

「ふ、ふんっ、それで要くんに信頼《しんらい》してもらえるなら別にこのままで構いませんし！」

「あちゃー、開き直ってるよ……」

「だ、黙《だま》りなさい！　そもそも冴木さんだってそうなんじゃないんですか！」

「まあそうなんだけどさ、あたしの場合はほら、遊んでそうなのにそうじゃないっていうギャップに繋がるわけよね。香奈葉っちの場合はあぁやっぱり、っていう納得《なっとく》に繋がるだけっていうかさ」

「う、うるさいです！　ふんだっ、もうおうちかえる！」

そう言って先生は旅館の方に歩き去っていった……。

お、おうちって旅館のことだよね？　ホントに勝手に帰ったりしないよね？

「まあ大丈夫《だいじょうぶ》でしょ。それより要っちぃ、ここからはあたしとの時間なんだからあたしを見てくれなきゃダ〜メっ」

一夏さんが僕にぎゅっと抱《だ》きついてきた。

「い、一夏さん、人前ですよ……」

「へぇ〜、じゃあ人前じゃなきゃいっぱい抱きついて欲しいってことなの？　もぅ、要っちって結構えっちだよねぇ」

「そ、そういう意味じゃないです！」

「それよりさ、早速《さっそく》あたしのやりたいことに付き合ってよ。ね？」

「……新しいデート動画を撮《と》るんでしたっけ？」

「そうっ。要っちとの動画シリーズは再生数が相変わらずイイ感じでね、安定供給していきたいからさ」

「そういえば今の再生数ってどんな感じですか？」

「ん〜、最初のプール動画が今一〇〇万超《こ》えたくらいだっけかな」

めっちゃ見られてる！　そんなにリアルおねショタが望まれていたのか……。

「で、それからちょこちょこ要っちに協力してもらってる続編動画がそれぞれ五、六〇万くらいかな。まあバズった勢いはまだ残ってるよね。登録者数も一〇万超えたし」

おぉ、一〇万超えたならユーチューブから銀盾《たて》もらえるじゃん一夏さん。

「てなわけでさ、また協力してもらってもいいかな？」

「それはまあ、喜んでやりますけど……」

一夏さんのためなら手助けは望むところなんだけれど、なんか動画のコメントですっかり彼氏扱いされていて、外堀《そとぼり》埋まってる感がすごいんだよね。

「さてさて、じゃあデートの始まりだよ彼氏くん？」

一夏さんが自撮り棒にスマホをセットしつつ僕の腕《うで》に絡《から》み付いてきた。

「だ、だから僕は彼氏じゃないですって！」

「謙遜《けんそん》しなくてもいいのに～」

「事実を言ってるだけですし！」

「まあまあ。それよりどう過ごそっか？　要っちってお昼は食べた？」

「い、いや、それはまだですけど……」

「じゃあ今回のデート動画は食べ歩きに決定だね！」

一夏さんは高らかにそう言ったけれど——

「でも先生から聞いた限りだと、一夏さんは鈴音さんとも食べ歩きをしていたって……」

「そだね。してたよ——でもまだイケる！」

「……ホントですか？」

「ホントだって！　まだ食べてないモノもあるしね。さ、行こ行こ！」

一夏さんに引っ張られ、僕はまずお好み焼きの屋台を訪《おとず》れることになった。

「ん～、美味《おい》しそう！　要っちはお好み焼きって好き？」

「そりゃあもう」

「じゃあ一食目はこれだね。――おっちゃんっ、一人前ちょうだい！」

「あいよっ！」

店主のおっちゃんが応じて、あっという間に熱々の一人前が一夏さんに手渡《てわた》された。

「というか、一人前なんですね」

「まあ食べ歩くわけだし、一人一個ずつ食べてたらすぐお腹膨《なかふく》れちゃうじゃん？」

確かに。

「じゃ、あそこで早速食べよっか」

脇《わき》の方に幅広《はばびろ》の階段があったので、僕たちはその端《はし》に座って食べ始めることに。

「ふっふっふっ、記念すべきひと口目は要っちにあげちゃおう！」

「いいんですか？」

「いいよ～。まだ何も食べてないんでしょ？」

一夏さんが割り箸《ばし》でお好み焼きを切り分け、僕の口元に運んできた。

「はい、あ〜ん」

「じ、自分で食べますよ……」

「いいからいいから。要っちは足元の自撮り棒拾って撮影《さつえい》してっ」

一夏さんの手元が塞《ふさ》がっているがゆえに、自撮り棒が階段に置かれていた。僕はそれを拾い上げ、恥《は》ずかしいけれど口を大きく開ける。

直後にお好み焼きが口の中に運び込まれ——

「お、美味しい……！」

「だろうね！　あたしも食べちゃお〜っと」

一夏さんは同じ割り箸でお好み焼きを食べようとしていた。一膳《ぜん》しかないから仕方ないとはいえ……い、いいのかな？　一夏さんは気にしてないのかな？

「ん〜っ、これは確かに美味しいね！」

そして一夏さんは躊躇《ちゅうちょ》せずにお好み焼きを頬張《ほおば》ってしまった。

か、間接キスしちゃったよ……。

「およ、どったの要っち？　顔赤いよ？」

「……い、一夏さんのせいです」

「え、あたしのせい？　あたしお好み焼き食べただけだよね？」

それが問題なんですよ……！

「ま、それより要っちさ、もっと食べるよね？　はい、あ～ん」

一夏さんは新たなひと切れを再び僕の口元に持ってこようとして――

「あ」

その瞬間《しゅんかん》、何かに気付いたかのように動きを止めた。

それから、みるみるうちに頬《ほお》が赤くなって――

「ご、ごめんね？　今気付いちゃった。あたしたち間接キスしてたじゃん。あはは……」

「だ、大丈夫です……」

「う、うん……」

お互《たが》い、ちょっと気まずくなる。照れたままうつむいて、黙って――

「で、でもま、彼氏彼女だしねあたしたち！　懲《こ》りずにやっちゃえばいいんだよ！」

と一夏さんが吹《ふ》っ切れたように言ったので、僕もちょっと気が楽になった。でも、

「か、彼氏彼女ではないですし！」

「無粋《ぶすい》なことは言わなくていいのっ。さあほらっ、食べちゃえ食べちゃえ！」

お好み焼きが口元に押し付けられる。だから僕はあむっといただいた。うん、ＯＣ。

一夏さんも自らお好み焼きを食べていく。

そんなやり取りが繰《く》り返されるうちに、一人前のお好み焼きは早くもなくなった。

「はー、美味しかったねっ。喉渇《のどかわ》いたでしょ？　ちょっと飲み物買ってくるね」

よっこいせー、と立ち上がり、一夏さんが自販機《じはんき》に駆《か》けていく。

ふぅ、一夏さんと居るとなんだか無性《むしょう》に疲《つか》れてしまう。でもこれは一夏さんと一緒《いっしょ》に居るのが辛《つら》いとかじゃなくて、密度が濃過《こ》ぎるだけなんだろうね。ずっと一夏さんのペースっていうか、ぽちぽち僕のターンも用意しないといけない。そうしないと探《さぐ》りを入れることも出来ないし。

「ヘイ要っちおまたせーっ！　おしるこで良かったよね？」

「おしるこ⁉」

お好み焼きのあとにおしるこって地獄《じごく》かよ！

「ウソだよウ～ソっ。ほんとはお茶だよん」

そう言って一夏さんがお茶のペットボトルを頬に押し付けてきた。

お礼と共に受け取り、僕はゴクゴクと喉を潤《うるお》していく。

「さて、次は何を食べよっかなぁ」

そう呟《つぶや》く一夏さんに、僕は次の食べ歩きが始まる前に切り込むことにした。

「一夏さん、今ちょっと聞きたいことがあるんですけどいいですか？」

「ん、何かな？」

「一夏さんって一〇年前に僕と会ってませんか？」

「え、どこで？」

「千石町です」

「なら別人じゃないのかな？　あたし千石町の出身じゃないからね。一〇年前はあそこに住んでなかったし」

これは……結構、有益な情報をズバズバ言ってくれたというか、もし一〇年前に千石町に住んでなかったっていうのが事実だとすれば、一夏さんは《お姉ちゃん》の候補から外れることになるよね？

でも一夏さんは本当のことを言っているのだろうか。実は《お姉ちゃん》だから疑いの目を逸《そ》らそうとしてそう言っただけなんじゃないかな？

「千石町出身じゃないってことを証明出来たりしますか？」

「え？」

「たとえば元居た場所の話とかしてもらっても——」

「ごめん」

一夏さんがいきなり真顔になった。

「そこは踏《ふ》み込んで欲しくないかな」

「…………」

これは……どう判断すべきなんだ？

千石町出身じゃない、っていうのが嘘《うそ》で、元居た場所の話なんか出来っこないから誤魔《ごま》化《か》すために威圧《いあつ》してきたのか、あるいは……本当に触《ふ》れて欲しくないのかな。分からない。

だから僕にはもう何も言えなかった。

《お姉ちゃん》かどうかを探るためなら踏み込むべきなんだろうけれど、リスクがデカ過ぎる。一夏さんが本当に《お姉ちゃん》と無関係だった場合、そこに踏み込んだら取り返しがつかなくなる気がして――

「あ、あの……ごめんなさい、急に変なことを聞いてしまって……」

僕は頭を下げた。

「僕には捜《さが》している恩人が居て、一夏さんがなんとなくその人に似ていたのでつい……」

「あぁ、そうだったんだね」

一夏さんは表情を和《やわ》らげてくれた。

「それなら繰り返し言うけど、あたしはその人じゃないよ」

その人じゃない――《お姉ちゃん》じゃない。

けれどその言葉もやっぱり素直《すなお》には受け取れなくて、結局は何も進展しないまま、僕は一夏さんとの食べ歩きを再開させるのだった。

※

「ふぅ、たらふく食べちゃったね～。要っちも満足したでしょ？」

一夏さんとの一時間がもうすぐ終わりそうだった。

お好み焼きに続いてたこ焼き、焼きそば、唐揚《からあ》げ、わたあめ、リンゴ飴《あめ》、クレープ、人形焼き、と撮影しながら食べてきたので、お腹は充分《じゅうぶん》に膨れている。

「もう何もいらないですね……」

「だよね。さすがにお腹ぽっこりしちゃってるもん。いししっ、要っちとの赤ちゃんデキちゃったら初期はこんな感じなのかもね」

そういうセンシティブな発言に上手《うま》く返す技量を持ち合わせてはいないので、僕はとりあえずスルーしましたとさ。

「さてさて、もうじき鈴音っちに交代だね。どこに居るんだろ」

一夏さんが周囲をきょろきょろ見渡《みわた》す。

僕も一緒になって見回した。

――ふと、《お姉ちゃん》と幼い僕が目の前を横切っていく。

でもよく見やれば、当時の僕らみたいな姉弟《きょうだい》が通り過ぎていっただけだった。

過去の幻影《げんえい》が見えてしまったのか……。

思えば、《お姉ちゃん》と幼い僕は当時、このお祭りも楽しんでいたっけ。

お祭りを楽しんだあとはどこに行ったんだったか……確か神社か何かに行った覚えがあるんだけどな。

――と、そう考えていた直後に、僕のスマホが着信し始める。

「お、誰《だれ》から？」

「ええと……あ、鈴音さんからです」

捜していた人物からの連絡《れんらく》だったので僕は電話に出る。一体何事だろうか。

『あ、もしもし要くん？　もうじき私の番よね？』

「ですね。もうじき鈴音さんの番ですよ」

『要くんは今どこに居るの？』

「お祭りの会場ですけど」

『じゃあそこからちょっとだけ西側に歩いてきてくれる？　海辺を散歩していると鳥居が見えてくるはずだから、そこで待っているわ』

鈴音さんからの通話はそれで終わってしまった。

「なんて？」

「なんか鳥居で待ってるとかなんとかって」

「何それこわ。鈴音っちってたまによく分かんないとこあるよね」

たまにというか、常によく分からないというか。

でもまあ、鳥居で待っているとのことなので、行かなければならないだろう。

鳥居、ってことは神社だ。

お祭りのあとに《お姉ちゃん》と一緒に行った場所ってそこかもしれない。

「そんじゃ、あたしはぼちぼち旅館に戻《もど》るから、鈴音っちと楽しんできてね？」

「はい、いってきます」

一夏さんと別れて、僕は鈴音さんのもとに向かう。

お祭りの会場から離《はな》れて、海沿いを西へ。

すると、割とすぐに鳥居が見えてきて、その下には確かに鈴音さんの姿があった。

「こんなところで何してるんですか？」

「あぁ要くん。何って、肝試《きもだめ》しに使えそうだと思ったのよ。だからその下見をしようと思ってね」

「肝試し？」

「今日の夜にやるつもりなのよ。せっかくの旅行だし、イベントが欲《ほ》しいじゃない？」

「イベントですか。それで肝試し……」

なるほど、ベタではあるけど盛り上がりそうだ。

「昼間《ご》なのに雰囲気《ふんいき》ありますね」

鳥居越しの神社を見て呟く。昔《お姉ちゃん》と来た時はもっと活気があったと思うんだけれど、今は不思議と人影《ひとかげ》がゼロ。ちょっと不気味な空間になっていた。

「ここって今は潰《つぶ》れているらしいわ。廃《はい》神社とでも言えばいいのかしらね」

道理で……。一〇年の歳月はこういう景色も生み出してしまうわけだ。

「ところで要くん、あなたちょっと女の香《かお》りがすごいわね？」

「……え？」

「これまでの三時間でいなほちゃん、香奈葉ちゃん、一夏ちゃんと行動を共にしてきた影《えい》響《きょう》かしら。いわゆる他《ほか》の女の匂《にお》いがするってヤツね。せっかくのショタ臭《しゅう》が台無しだわ」

鈴音さんはそう言うと、僕のことをいきなり抱《だ》き寄せた。――な、なんでっ⁉

「こうすることで、せめて私の匂いに上書きしてあげるわね？」

むぎゅ、むぎゅ、と鈴音さんが力いっぱい抱き締《し》めてくる。豊満なお胸が幾度《いくど》となく押し付けられて、僕はたまらず懇願《こんがん》する。

「や、やめてください……！」

「ごめんね要くん、イヤよ。むしろ抱擁《ほうよう》だけじゃ甘いと思っているくらいなの。ええそうよ、だからこれくらいはしないとダメよね」

鈴音さんは一旦《いったん》ハグを取りやめたかと思いきや――こともあろうに自身のニットセーターをべろんとたくし上げた。

くびれた腰元《こしもと》や純白のブラジャーがあらわとなった中で、僕は次の瞬間《しゅんかん》――

「……っ⁉」

――呑《の》み込まれた。

つまりはそう、鈴音さんは僕をニットセーターの内側に取り込んだのだった。

「な、何してるんですか……っ⁉」

目の前には鈴音さんのおっぱいがある。ブラジャーにのみ守られた巨乳《きょにゅう》だ。僕はそれに触れまいとニットセーターの内部から脱出《だっしゅつ》しようとするものの――

「——逃がさないわ」

鈴音さんがぎゅっとハグを強めてきた！　そのせいで脱出は不可能になって、それどころか僕の顔面は鈴音さんの谷間にうもれてしまう。

「ふぎゅ……！」

「よちよち、このましばらく大人しくしてまちょうねえ」

赤子でもあやすように鈴音さんはそう言う。僕は無理に脱出しようとするのはやめた。下手に抵抗《ていこう》して物理的にも精神的にも鈴音さんを傷付けてしまったらイヤだし。

「………」

言われた通りに大人しく、僕はニットセーターの内部に留《とど》まる。不思議と落ち着いてくる。あたたかいし、ふわふわだし。

気が付くと甘えるように、僕はむにむにの谷間に顔をこすり付けていた。

「あら、おっきい赤ちゃんかな？」

からかうように言いつつも、鈴音さんは僕を拒絶《きょぜつ》することはなかった。

むしろ受け入れてくれて、それからしばらく経《た》った頃《ころ》――、鈴音さんがどこか満足したように僕をニットセーターから解放してくれる。

「はい、これで他の女の匂いはなくなったわ。もう大丈夫《だいじょうぶ》よ」

「あ、ありがとうございます……」

お礼を言うのが正しい状況《じょうきょう》なのかは分からないけれど、とりあえずそう言っておく。

「ふふ、もっと私の内側に居たかったりする？」

「も、もういいです、大丈夫です……」

「本当に？　もっと滅茶苦茶《めちゃくちゃ》におっぱいを揉《も》んでくれてもいいのよ？　なんならそこの茂《しげ》みに連れ込んで乱暴してくれてもいいのだから。あ、でもその場合は私の方が歯止めぶっ壊《こわ》れ状態になって色々とシちゃうかもしれないわね。うふ」

じょ、冗談《じょうだん》で言ってるんだよね、これ……？

「それはそうと要くん、ぼちぼち下見を始めましょうか。危ない箇所《かしょ》があったり、ホームレスやヤンキーの住《す》み処《か》になっているようなら肝試しは中止にしないといけないものね」

鈴音さんが先んじて廃神社の境内《けいだい》に入り込んでいく。

廃神社と言っても、まったく荒《あ》れた形跡《けいせき》はなかった。不気味ではあるけれど、よくある普通《ふつう》の無人神社という感じで、危険な箇所や野蛮《やばん》人の住み処にはなっていない。

「どうやら大丈夫そうね。肝試しは出来そうだわ」

「でも肝試しってどうやるんですか？」

「そこのお賽銭《さいせん》箱の後ろに割り箸《ばし》を今からセットしておくわ。本番では一人ずつ境内に入っていって、割り箸を一膳《ぜん》、持ち帰ってくるというやり方ね」

鈴音さんはポケットから複数の割り箸を取り出し、お賽銭箱の後ろにセットしていた。

「これで準備完了《かんりょう》ね。まだ私の時間はあるようだし、お祭りの方に戻って遊びましょうか」

「ですね」

と頷《うなず》きつつ、僕はなんとなく境内を見回していた。

昔、《お姉ちゃん》と遊びに来たはずの神社——。当時は活気があったここで、僕たちはお参りをして、それから《お姉ちゃん》が何かをしていた気がする——

『いつかまたここに来ようね？　そしたら要くんを驚《おどろ》かせたげるから』

そうだ、《お姉ちゃん》は何かを仕掛《しか》けてそんなことを言っていたように思う。

でも《お姉ちゃん》が何を仕掛けたんだったたか、イマイチ思い出せない。

「どうしたの要くん？」

鈴音さんの心配するような声が、僕を現実に引き戻してくれた。

「ぼーっとしていたようだけど、何かあったの？」

「ええと……」

なんでもないです、とは言わないことにした。

ここらで鈴音さんにも探《さぐ》りを入れるために、僕は今思い起こした情景を語っていく。

「ちょっと昔のことを思い出してました」

「昔のこと？」

「はい。昔、ここに《お姉ちゃん》と来たことがあって」

「あら、要くんにはお姉さんが居たの？」

「あぁいえ、姉って意味じゃなくて、よく遊んでくれるよそのお姉ちゃんが居たんです。もう一〇年も前のことで、今何してるのかも分からないんですけど、すごく好きな人だったから忘れられなくて……」

「なるほどね」

「それで実は僕、その人を捜《さが》しているんです。でも見つからなくて……鈴音さんは確か、千石町にずっと住んでるんですよね？　じゃあ何か知りませんか？　一〇年くらい前、就学前の男の子とよく一緒《いっしょ》に遊んでいる女子学生が居たとか、そういう噂《うわさ》って聞いたことありません？　もしくは鈴音さんが《お姉ちゃん》だったりしませんか？」

問いかけつつ、表情を窺《うかが》う。

何か動揺《どうよう》が見られないかと確かめる。

すると――

「悪いのだけど、分からないわね。私はその人ではないし」

そう言って鈴音さんは僕を見つめてくる。

僕の目を覗《のぞ》き込むかのようにまっすぐと。そこに感情は見えなくて——

それになんだか気圧《けお》されて、ごくりと唾《つば》を飲み込んでしまう。

《お姉ちゃん》への関与《かんよ》を否定したけれど、鈴音さんのこれは少し怪《あや》しい反応に思える。

そんな中で鈴音さんは、僕の目を覗き込んだまま尋《たず》ねてくる。

「その《お姉ちゃん》という人は、要くんにとって大切な人なのかしら？」

「そう、ですね……今も会いたくて捜してしまう程度には……」

そう答えると、鈴音さんは——

「あら、そうなのね？」

となぜか笑ってみせた。

底が知れない笑顔《えがお》だった。

酷《ひど》く綺麗《きれい》で、だけれど不気味で、僕はちょっとあとずさりしてしまう。

……どういう笑顔なんだろ。

《お姉ちゃん》のことを大切な人だって肯定《こうてい》したら笑ったってことは、鈴音さんがその《お姉ちゃん》本人だから嬉《うれ》しくて笑ったのかな？

でも仮にそうだとしても、物的な証拠《しょうこ》や決定的な証言がなければ鈴音さんが《お姉ちゃん》である、と指を差すことは出来ない。

《お姉ちゃん》側も自分から答え合わせに来ることはないだろうし。

だからそう、結局はまだ何も進展しちゃいないんだけれど——

(それでも……)

何か光が見えたように、僕には思えた。

※

鈴音さんとの交遊時間が終わると、空が夕焼け模様になり始めていた。

この四時間、女性四人と散々遊び回って疲《つか》れた僕は、旅館まで戻《もど》ったあとは自由に使用可能なマッサージチェアに座っていた。

そして少し考え事をしている。

「……一番怪しいのは鈴音さんかな」

四人に探りを入れた結論としてはそうなる。あの笑顔には何か裏があるはずだ。

でも一番怪しいのが鈴音さんというだけであって、正直他の三人も怪しいっちゃ怪しいというなんとも言えない状態ではある。

でももし四人の中に《お姉ちゃん》が居るのなら、これだけ探りを入れたんだから何か動きを見せてくれるんじゃないかと期待しているところもある。

僕が知る《お姉ちゃん》は粋《いき》な人だし、何か新しいヒントをくれたりしないだろうか。

そう思っていると――

「あ、要っち居た居たっ！」

一夏さんが廊下《ろうか》の向こうから歩み寄ってくることに気付いた。

一夏さんだけでなく、その後ろには鈴音さんや先生、いなほさんも続いている。

「どうしたんですか？　みんなでぞろぞろと」

「これから夕飯前のお風呂《ふろ》に行くところなんだよね！」

お風呂と聞いて、そういえば露天《ろてん》の大浴場があったことを思い出す。

昔《お姉ちゃん》と来た時は、《お姉ちゃん》と一緒に女湯に入った覚えがある。

あの頃の僕は小さかったからそれが合法的に認められていたけれど、今やったらブタ箱一直線に他《ほか》ならない。

「お風呂、いいですね。ゆっくりしてきてください」

僕がそう伝えると、一夏さんがニンマリと笑った。

「何言ってんの要っち〜。要っちも一緒に行くんだよ？」

「へ？　い、いや無理でしょ！　僕は女湯に特攻《とっこう》出来る年齢《ねんれい》じゃないですし！」

「あのね要くん、これから向かう先は女湯じゃないの」

鈴音さんが僕の言葉を訂正《ていせい》してきた。

「ファミリー露天、っていうのがあるのよ、この旅館にはね」

「ふぁ、ファミリー露天……？」

「要するに時間制の貸し切り露天風呂のことらしいですね」

先生も近くにやってきて、僕に説明してくれる。

「ファミリーと銘打《めいう》ってはいますが、団体であれば家族でなくとも利用可能だそうです。今回の旅行券のプランにサービスとして組み込まれていたとのことで、ではせっかくなので入りましょうか、という話になったんです。……混浴は不純ですが、晋藤くんだけ仲間外れにするのはいじめみたいで良くないですからね」

「ぼ、僕が入るのはもう決定事項《じこう》なんですか？」

『断る理由があるんよ？』

いなほさんも目の前にやってきた。

『男ならガツンと行こうや(｀・ω・´)』

「で、でも——」

「いいからほらほら要っちも立って立って！」

一夏さんに強制的に立たせられ、次の瞬間《しゅんかん》には鈴音さんに背中を押され始める。

「はい、一名様ご案内よ。ふふ、いい夢を見させてあげるわ」

「ちょ、ちょっと……っ！」

僕はあらがおうとしたけれど、鈴音さんと一夏さんのパワフルさには勝てなくて――

気が付けば、タオル一丁でファミリー露天の浴場に佇《たたず》んでいた。

「うひょーっ、いいねえ！　割と広いじゃん」

同じくタオルを巻いただけの一夏さんが奥の方まで駆《か》け出していく。その拍子《ひょうし》にナマのお尻《しり》がちらりと見えて、僕は慌《あわ》てて目を逸《そ》らす。ヤバい場所に来てしまった……。

「走ったら危ないでしょうが……まったく」

そして呆《あき》れ顔《がお》の先生が脱衣《だつい》所から現れて、それに続いていなほさんもさすがにスマホは持たずにやってくる。当然ながら二人もバスタオル姿なわけで、むにっと盛り上がった谷間やむちむちの太ももなんかが丸見えで、目に毒というか……。

そういえば鈴音さんは？　と思っていると――

「うふ、要くん？」

「わっ……！」

いきなり背後から抱《だ》きつかれて、僕はびっくりした。

抱きつきの犯人は案の定、鈴音さんだった。この人は忍者《にんじゃ》か何かなの⁉

鈴音さんは僕の背中にバスタオル越《ご》しのおっぱいをむにむにと押し付けつつ、ぎゅうぎゅうと僕へのハグを強めてくる。

「あぁ可愛《かわい》いわ要くん……色白で、女の子みたいにほっそりとした体……最高よね」

「こ、こら何をやっていますかそこの桃色《ももいろ》大家！　そういうのはやめなさいと事前に言っておいたではありませんか！」

「ふふ、これはライアーゲーム……騙《だま》される方が悪いのよ香奈葉ちゃん？」

いつの間にそんな物騒《ぶっそう》なゲーム勃発《ぼっぱつ》してたの⁉

「さあ要くん、あんな真面目《まじめ》ちゃんは無視してまずは体を洗いましょうね？」

鈴音さんが僕を洗い場に誘導《ゆうどう》していく。

「ま、待ってください！　体くらい一人で――」

「要くんが手を煩《わずら》わせる必要はないの。ここでは要くんがキングよ？」

キングっ⁉

「はい、ここに座ろうね？」

僕は木の椅子《いす》に座らされた。くぅ、どうなってしまうんだよ僕……。

「さてと、じゃあまずは背中から洗ってあげるわ」

しゅるる、とバスタオルを外すような音が後ろで聞こえた。……ん？

「ちょっとそこのショタコン！　なぜあなたはバスタオルを取っているんですか！」

「なぜって、おっぱいで背中を洗ってあげようと思って」

「ダメです！」

今僕の背後には一糸まとわぬ鈴音さんが居るってことなの⁉

「にしし～、鈴音っちゃる気満々だにぇ。じゃああたしも要っちを洗ったげるっ」

一夏さんが僕の眼前にやってきてしまう！

「鈴音っちが背中なら、あたしは前だよねっ」

よいしょ、としゃがみ込む一夏さん。

ば、バスタオル姿でしゃがまれると目のやり場に困ってしまう。見えそうで見えない太ももの奥から目を逸らしても、プリンみたいに柔《やわ》らかそうな谷間が目に入っちゃうし……。

「ん～、何かなぁ？　あたしのおっぱいがナマで見たかったりするのかな～？」

一夏さんがバスタオルの胸元《むなもと》を緩《ゆる》ませ、いたずらな笑顔で僕を見つめてくる……！

「べ、別に見たくないです……！」

「嘘《うそ》つけ～。にししっ、あのね、あたしこれでもめっちゃおっぱい綺麗なんだよ？　――

ほれぇ～」

と、一夏さんがニヤニヤしながら一瞬だけ、バスタオルを取り払《はら》う……！　本当の本当に一瞬だけだったけれど、僕の目はしっかりと――……み、見ちゃった……っ！

「さ、冴木さん⁉　あなた一体何を……っ⁉」

「にししっ、要っちにだけのサービスだよ♪　香奈葉っちもやったげたらどうかな？」

「無理よ、香奈葉ちゃんにそんな意気地はないはずだもの」

「な……っ！」

「でも香奈葉ちゃんの言うことにも一理あるのよ？　確かにおっぱいで背中を洗ってあげるのはやり過ぎかもしれないから自重してあげるわ」

そう言って鈴音さんが普通《ふつう》のタオルで僕の背中を洗い始めてくれた。

よ、良かったような残念だったような……。

「じゃああたしも洗体開始しよっと」

そして一夏さんもボディーソープをタオルで泡立《あわだ》て、僕の前面をゴシゴシしてくれる。

すると忍《しの》び寄る影《かげ》の如《ごと》く、僕の髪《かみ》を洗い始める第三勢力が出現した。

「い、いなほさん？」

「いなほも……少年洗いたいから……」

　スマホがないから肉声で、いなほさんはそう言った。そして優《やさ》しい手触《てざわ》りで僕の髪をわしゃわしゃしてくれる。湿気《しっけ》で肌《はだ》に貼《は》り付いたバスタオルが、いなほさんの豊満な輪郭《りんかく》を浮《う》かび上がらせている。しかも立った状態で僕の髪を洗ってくれているから、剝《む》き出しの太ももがすぐそばにあって、そのむっちり加減に僕はどぎまぎしてしまう。

「わ、私だけ仲間外れです……っ！」

「にひひ、香奈葉っち焦《あせ》ってるねえ？　あ、要っちの下腹部なら誰《だれ》も洗ってないよ？」

「そ、そんなところ洗えるはずがないでしょう！」

　そう叫《さけ》んだ先生は、僕から少し離《はな》れた場所で自分の体を洗い始めた。

「ふんだっ、別にいいです！　私は破廉恥《はれんち》には加わりませんっ！」

　と言いつつ、バスタオルを外してしなやかな肢体《したい》を洗うその姿はひょっとしなくてもこの中で一番破廉恥だというね……泡《あわ》まみれの裸体《らたい》にはとても掻《か》き立てられるモノがある。

「はい、要くん綺麗《きれい》になったわね～。さあほら、先に湯船に浸《つ》かっちゃいなさい」

　やがて洗われ終えた僕は、先に湯船へと向かう。湯船は岩風呂みたいな感じで、広いかどうかで言えば狭《せま》めかもしれなくて、お湯は乳白色。タオルを浸《ひた》したらダメとのことで、僕は腰元《こしもと》のタオルを取って入浴したんだけれど——

　思えば、タオルがダメなのは女性陣《じん》もそうなんだよね？

ってことは……。

「し、晋藤くん、少しあちらを向いててもらえますか？」

僕に続いて早々に体を洗い終えた先生が、タオルを外して湯船に浸かろうとしていた。

や、やっぱりこうなるんだよね……最終的には狭めのところに五人が裸《はだか》で……。

僕は想像しただけでクラクラしてしまう。

そのうち先生が隣《となり》に体を寄せてきて、しゅんとした表情で謝ってくる。

「ごめんなさい晋藤くん……彼女たちの不純の嵐《あらし》を止められなくて」

「そ、それは別に先生のせいじゃないですし……」

というか、先生もこうして体を寄せてくるのが無自覚不純ですし、おっぱいの北半球がお湯から浮き出ている感じとかも淫靡《いんび》過ぎるし、かすかに桜色が見えているし……。

「あ、あまり見ないでください晋藤くん……視線は割と分かるものですよ？」

「ご、ごめんなさい……っ！」

「でも、興味を持ってくれるのは嬉《うれ》しいです……ちょっとだけなら見てもいいですよ？」

「え？」

「もちろん……学校の子たちには内緒《ないしょ》ですからね？」

そう話す先生はなまめかしくて、僕はごくりと喉《のど》を鳴らしてしまう。

そうして先生が少しの間だけおっぱいを見せてくれたそんな中で――

「淫乱教師が……生徒を誘惑《ゆうわく》……その現場……？」

いなほさんがジッと睨《にら》むような眼差《まなざ》しで、湯船に浸かってきたのが分かった。

「ち、違《ちが》いますよ一色さん！　私は決して淫乱でも誘惑教師でもありません……っ！」

「どうだかねえ？　未経験ほど興味は強まるって話だし」

一夏さんもやってきた。鈴音さんもタオルを外しながら続くので、僕は目を逸らした。

「ま、香奈葉ちゃんは銃撃《じゅうげき》ゲームが恋人《こいびと》だろうし、ずっとそれだけをやっていればいいのよ。要くんには手を出さないでちょうだいね？」

「だ、出しませんよ！」

「あらそう。じゃあ私は出しちゃう」

鈴音さんが僕のそばに腰を下ろしてきた。

一夏さんやいなほさんも、僕の近くに集まってくる。

乳白色のお湯の中、僕たちはもちろん裸だ。

そんな状態で胸を押し付けられ、足なんかを絡《から》まされ、僕は妙《みょう》な気分になってしまう。

それでも理性は失わないよう頑張《がんば》って、ファミリー露天《ろてん》の時間を乗り切るのだった。

そして。

そう、そして――

あんな出来事が巻き起こったのは、夜も更《ふ》けてきた頃《ころ》のことだった。

※

「さあ、本日のメインディッシュよ」

お風呂《ふろ》を済ませ、豪勢《ごうせい》な夕食もいただいたのち、僕たちは私服に着替《きが》えて宵闇《よいやみ》の外に身を投じていた。旅館から離れ、海沿いを歩いている。

「ねえ鈴音っち、メインディッシュって何さ？　急に外に連れ出して何するつもり？」

「それはね――」

パッ、と鈴音さんの生首が闇夜に浮かび上がった。懐中《かいちゅう》電灯を下から当てただけのエフェクトだけれど、急にやられると結構ビビるよね……。

「――ズバリ、これからやるのは肝試《きもだめ》しよ」

「き、肝試しっ!?　じゃ、若干《じゃっかん》季節外れじゃないかな～？」

「なぁに一夏ちゃん、まさか怖《こわ》いのかしら？」

「こ、怖くなんてないよっ！　あたしには寺生まれのTさんがついてるからねっ！」

Tさんって誰っ!?

「あら、一夏ちゃんは意外と怖がりさんだったのね？」

「だ、だから怖がりじゃないってば！　た、楽しみ過ぎて武者震《むしゃぶる》いしちゃうよね！」

フル稼働《かどう》中の洗濯機《せんたくき》みたいにガタガタしている一夏さん。

……どう見ても恐怖《きょうふ》に震えているよね。

先生といなほさんは怖いモノが苦手ではないらしく、

「ふん、お化けなんてすべてプラズマで説明出来ます。怖さのかけらもないですね」

『せやんな。お化けが出てきたらＴｉｋＴｏｋで撮《と》ってやるんよ！(*>○<*)』

と二人揃《そろ》ってイキり散らしていた。

そのうち、昼間に下見した廃《はい》神社の鳥居にたどり着く。

日中でもそれなりに不気味だったその廃神社は、夜も深まったこの時間に見るといっそう不気味さが極《きわ》まっていた。街灯があるわけではないから本当に真っ暗で、鳥居の向こうがどうなっているのかまったく分からない状況《じょうきょう》だった。

「ひぃっ……これはヤバいって……絶対ＯＢＫ出るって……」

一夏さんが廃神社にビビっていた。お化けをＡＫＢみたいに言わないで欲しい。

「さて、ルールは単純よ。ここから一人ずつ境内《けいだい》に入っていって、お賽銭《さいせん》箱の後ろに置いてある割り箸《ばし》を一膳《ぜん》持ち帰ってくること。ルールとしてはそれだけね」

「質問ですが、スマホの明かりなどは使用してもいいんですか？」

「ダメよ香奈葉ちゃん。それじゃあつまらないものね」

　おぉう、なかなかに鬼畜《きちく》なルールを強《し》いるんだね。

「どれだけ時間が掛《か》かってもいいから、明かりはなしでお願いするわ」

『それ以外に禁止事項《じこう》はあるんよ？（｀・ε・´）』

「待ち時間の間に要くんといちゃこらしたら、あなたが本物のお化けになるかもね？」

　意味が分かったら怖い台詞《せりふ》を平然と言うのはやめてくれないかな。

　ともあれ、僕たちは鈴音さんに明かり対策としてスマホを没収《ぼっしゅう》され、それから肝試しの順番を決めることになった。

「──うわぁぁあ！　なんであたしが一番なのぉーっ⁉」

　結果として、ジャンケンで敗北した一夏さんが先陣《せんじん》を切ることになった。

　それ以降の順番はいなほさん、先生、僕、となっている。

　鈴音さんは完全に仕掛け人サイドとなって、道中の脅《おど》かし役に徹《てつ》するとのことだ。

「じゃあ一分後に一夏ちゃん、スタートしちゃってね？」

　脅かし役ゆえに、そう言い残して廃神社の境内に消えていく鈴音さん。

「うぅ……要っちぃぃ……、来世でもまた会おうね……？」

「どこまで絶望してるんですか……」

一夏さんはもはや死まで覚悟《かくご》しているらしい。

「ぶっちゃけ、直線に歩いていれば賽銭箱はすぐですよ。一緒《いっしょ》に下見したから分かります」

「ほ、ホント？　その言葉信じるからねっ？」

すがるようにそう言って、一夏さんがスタートを切っていく。牛歩な進みで、けれどあっという間に闇夜の中へと呑《の》まれてしまう。

待っている間、僕たちは他愛ない会話をしつつ、時折──

「ひぎゃあああああああああああああああああああああ……ッ!?」

という一夏さんの悲鳴に苦笑《くしょう》する。

そうして一〇分ほどが過ぎた頃──

「あ、あたしはもうダメだ……燃え尽《つ》きたぜ……」

どさっ、と鳥居まで戻《もど》ってきた一夏さんがその場に倒《たお》れ込んでしまった。一膳の割り箸を手に入れるために払った犠牲《ぎせい》はあまりにも多大だったようだ。

「じゃ……行ってくる……」

そんな一夏さんと入れ替《か》わりで、二番手のいなほさんが出発した。

「――ただいま……」

そしていなほさんは一分ほどで戻ってきた――って早！

「楽勝……だった……」

いえい、と少し誇《ほこ》らしそうにVサインを作るいなほさん。

タイムアタックにでも挑《いど》んだのかって感じだけれど、とにかくお見事だ。

「次は私の番ですね」

ふふん、と笑った先生はどこからかチャキッとマグナムを取り出した。――えっ⁉

「明かりの禁止とスマホの没収しかルールとして定められていませんからね。であればモデルガンの使用はOKということです。変な脅かし方をしてきたらこれで……ふふ」
※よい子は真似《まね》しないでね。
「では行ってきます。さてさて、景品狩《が》りのカナちゃんは今宵、血染めのカナちゃんになるかもしれませんね」

そう言って三番手の先生が境内の闇に消えていく。

次はいよいよ僕の番か。

下見に参加したとはいえ、夜の雰囲気《ふんいき》はなかなかにおどろおどろしくて、正直に言えば恐怖の感情が渦《うず》を巻いている。でもここは《お姉ちゃん》との思い出の土地だ。かつての神社で何をしたんだったか、細かい記憶《きおく》までは忘れてしまっているけれど、しかしそれでも《お姉ちゃん》と訪《おとず》れた土地であるというだけで、僕からは怖さが多少消えていく。

――聖地巡礼《じゅんれい》だよこれは。

《お姉ちゃん》との聖地を歩くだけさ。

そうさ、だから何も怖くなんかない――

そう考えていると、先生も割と早く戻ってきた。

僕は先生とバトンタッチして歩き出す。鳥居の向こう側へと踏《ふ》み出した。

日中とはやはりまるで違う風景が広がっている。

いや、そもそも広がりが分からない。

暗過ぎて何も見えない、そんな状態なのだから。

でも僕は日中の記憶を頼《たよ》りに進んでいく。

まっすぐ、まっすぐ、とにかくまっすぐ。

いつどこで鈴音さんの横やりが入るのかな、と身構えつつ、僕はとにかく進んだ。

――と、

「要くん」

「……っ⁉」

横から鈴音さんの声が急に聞こえてきて、僕は身構えていたのにビビってしまった。鈴音さんのシルエットはよく分からないけれど、どうやら数メートル横辺りに居るっぽい。でも脅かしってこんなもんなの？　ただ単に話しかけてきただけのような……。

と思っていたら——

「要くん、タイムよ」

「……へ？」

タイム？

「ちょっとお花を摘《つ》みに行きたいの。だからそこで待っててもらえる？」

「え？　ま、待つんですか……？」

「当たり前でしょ？　私が居ないうちにクリアしてなんになるのかしら？」

「ご、ごもっともで……」

「じゃあお願いね？　なるべくすぐに戻ってくるから」

そんな言葉が伝えられ、立ち去る足音も続いた。

一人取り残された僕は、何をするでもなく待ち始め——

それからすぐ、

「——……」

何かの気配に気付いた。
僕の背後に何かが迫《せま》ってくる。
足音が聞こえてくる。
鈴音さんが戻ってきたのかと思ったけれど、それはさすがに早過ぎる。
じゃあこれは誰《だれ》の――、と疑問に思った直後のことだった。
『久しぶりだね、要くん』
「……え？」
最初、意味が分からなかった。
おおよそこの場でかけられるようなフレーズではなかったから、頭が理解出来なかった
というのもあるけれど、それ以上に――
『この私――《お姉ちゃん》のこと、覚えてるかな？』
ガツン、と頭を思いっきり殴《なぐ》られたような衝撃《しょうげき》が僕の全身を駆《か》け巡《めぐ》る。
どういうこと？
なんで？
どうして？
本物？　偽者《にせもの》？

『驚《おどろ》いて声も出ない感じかな？』
背後からの声は続いている。
ボイスチェンジャーか何かで変声された、非常に味気ない声だった。
けれど重みのある声だった。
ゆっくり振《ふ》り返ると――……そこには誰が居るのかは分からない。
真っ暗だから、シルエットさえろくに見えなくて。
それでも闇《やみ》の向こうには誰かが確実に存在していて。
機械的な音声は続けられた。
『要くんは私のことを捜《さが》していたんだよね？』
「ま、待って……待ってよ……」
僕は混乱していた。
酷《ひど》く動揺《どうよう》している。
こんなタイミングでいきなり来るのか……？
なんの前触《まえぶ》れもなかったのに？
なんの目的で？
何を考えて？

僕の脳内にはハテナが大量発生していた。

意表を突《つ》かれ過ぎたんだ。

でもこの感じが《お姉ちゃん》らしいと言えばらしいのかもしれない。

突如《とつじょ》として現れて、引っ掻《か》き回されるこの感覚は、あの《お姉ちゃん》との触《ふ》れ合いで感じていたモノに近いから。

「ホントに……《お姉ちゃん》なの……？」

闇の向こうに問いかける。

すると面白《おもしろ》がるような声での返答があった。

『信じられない？』

「だって……なんで急に出てきたの？　これまで全然接触《せっしょく》してこなかったのに……」

『ちょっとね、要くんに伝えたいことが出来てさ』

「……伝えたいこと？」

『うん、あのね……』

一拍《いっぱく》おいたのちに、こう告げられる。

『――もう終わりにしよ？』

「終わり……？」

『そう』

「終わりにしよって、何を……？」

『私を捜すの、終わりにしない？』

「ど、どういうこと？」

『言葉通りの意味だけど』

「そう言われても分からないよ……普通《ふつう》に姿を見せてくれるようになるってこと？　それが終わり？　今やってるかくれんぼを終わらせるってことなの？」

『んー、逆かな』

「……逆？」

『もうね、私の正体は隠《かく》したままにするんだよ』

「え」

『このまま、謎《なぞ》のまま、終わらせるの。そして要くんとはお別れ。バイバイってことだね』

「――――」

何を言っているのかが分からなかった。

いや、分かるからこそ拒絶《きょぜつ》したくて――

「……どうして？」

謎のまま、終わらせる。

お別れ。バイバイ。

「どうしてさ……」

『何が？』

「――何がじゃないよ！」

納得《なっとく》が、出来るわけないどうしても。

だから僕は言葉を吐《は》き出す。

提示された現実を拒絶するように全力で、闇の向こうに言葉を飛ばしていく。

「バイバイって何さ……どうして急にかくれんぼを終わらせるのさ……っ！」

『ちょっと事情がね』

「僕はイヤだよ！」

言葉は止まらない。

「ずっと《お姉ちゃん》に会いたかったんだ！　一〇年前に離《はな》れ離《ばな》れになってからずっとだよ！　こっちに戻《もど》ってきてあのメモをもらった時は死ぬほど嬉《うれ》しかったし、捜すのだって楽しくやってたよ！　それなのにどうして急に打ち切るようなことを言うのさ！　普通に姿を見せてよ！　《お姉ちゃん》が誰なのか教えてよ！」

『ダメ』

幼子を諭《さと》すようにして、《お姉ちゃん》は優《やさ》しい声でそう言うのだった。

『それじゃダメなんだよ。終わらせなきゃいけないの』

「……どうして……？」

『要くんが私に執着《しゅうちゃく》し過ぎているからだよ』

「執着……し過ぎて……？」

『そう。要くんは私に囚《とら》われ過ぎているの。私はもう過去でしかないんだからさ、私のことなんて忘れて新しい恋《こい》をしなきゃダメだよ』

「そんなの……」

僕は納得出来なかった。

そんなの《お姉ちゃん》に言われたくはない。

僕に初恋《はつこい》の感情を抱《いだ》かせた責任を取れだなんて言わないけれど、せめて今の姿くらいは見せてもらわないと納得出来ない。

けれど――

『じゃ、私はこれで居なくなるから。でも私が完全に消えるわけじゃないんだよ。《お姉ちゃん》が居なくなるだけで、《お姉ちゃん》だった者は残るんじゃないかな』

そんな意味深な言葉を残して——
『それじゃ、バイバイ』
《お姉ちゃん》が駆け出していくのが分かった。
僕から逃《に》げるようにして。
僕と決別するようにして。
足音が鳥居の方向へ遠ざかっていく。
だから僕は——
「……っ！」
追いかける。
一も二もなく走り出す。
このままお別れなんてありえない。
とっ捕《つか》まえて正体を暴《あば》いてやる。
そう意気込んで更《さら》に地面を蹴《け》るけれど、石畳《いしだたみ》の段差か何かに引っかかり——
「つぅ……！」
転んでしまう。身体能力は優《すぐ》れちゃいない。小柄《こがら》で鈍臭《どんくさ》いのが僕だ。
それでも痛みをこらえて立ち上がり、僕は引き続き追いかけた。

《お姉ちゃん》のことはもう見失っているけれど、鳥居のそばには一夏さんか先生かいなほさんのいずれかが残っているはずだから、その誰《だれ》かに話を聞けば分かるはずだ。

今境内《けいだい》から走ってきたのが誰だったのか。

《お姉ちゃん》の正体は誰なのか。

「────」

ややあって僕は鳥居にたどり着き──そんなバカなと愕然《がくぜん》とした。

「な、なんで誰も居ないの……？」

鳥居のそばには誰も居なかった。一夏さんも先生もいなほさんも見当たらない。

どうしてだよ！　これじゃあ《お姉ちゃん》の目撃《もくげき》者がゼロだ！

「くそ……」

僕は膝《ひざ》から崩《くず》れ落ち、その場の地面に力なく拳《こぶし》を振り下ろした。

《お姉ちゃん》を取り逃がした。

《お姉ちゃん》にはもう会えない。

……いや、今の《お姉ちゃん》の言い分を信じるならば、《お姉ちゃん》だった者、は残るらしい。

それはつまり……やっぱり、あの四人の誰かが──

そう思っていた矢先のことだった。

「あら要くん、何を勝手に戻ってきているの？　待ってててって言ったはずなのに」

どこかの公衆トイレに行っていたと思《おぼ》しき鈴音さんがまず戻ってきた。

それから——

「あ、要っちゴールしたんだ。なんかめっちゃ疲《つか》れてない？」

と一夏さんも戻ってきた。

僕は目線を上向け、一夏さんを問いただす。

「……一夏さん、今どちらに？」

「え？　あぁ、ちょっと自販機《じはんき》を探しにね。喉渇《のどかわ》いちゃったから」

一夏さんは手元のオランジーナを見せてくる。

そんな折、先生もこの場に戻ってきて——

「晋藤くんが鳥居に居るということは、肝試《きもだめ》しは終わったんですか？」

「……先生は今どこに行ってたんですか？」

先生に対しても僕は尋《たず》ねた。

「え、今は道路を挟《はさ》んだ向こう側の砂浜《すなはま》に行ってました。暇《ひま》だったのでお散歩ですね」

そう言って、拾ってきたのであろうヤドカリか何かの殻《から》を見せてくる先生。

するとその時、いなほさんも横の茂《しげ》みからこの場に帰ってきて——

「……いなほさん、今どこに？」

「え？　……お、おしっこ……」

いなほさんが恥《は》ずかしそうに応じてくれた。

これで全員の回答が得られたけれど、それぞれの発言・動向をむざむざと信じることは出来ないからアリバイはないも同然だろう。全員個別に行動していたのだから尚更《なおさら》だ。

つまり——全員が容疑者だ。

誰か一人が嘘《うそ》をついている。

僕は全員の顔を窺《うかが》う。

誰だ？

——《お姉ちゃん》は誰だ？

「どうしたの要くん？　ちょっと様子がおかしいんじゃないかしら？」

鈴音さんが心配するように近付いてくる。

他のみんなも気遣《きづか》ってくれるものの、僕はそういった反応に構わず考える。

この中に一人、さっきの《お姉ちゃん》を演じた者が居る。

誰ならあの《お姉ちゃん》を演じることが出来たのか。

これまでの生涯《しょうがい》の中でも珍《めずら》しいくらいに頭をフル回転させて、僕はさっきの《お姉ちゃん》を突《つ》き止めようとする。

そして、

「……――そうか」

ひとつの可能性を見出《みいだ》す。

それしかない。

今の時間に《お姉ちゃん》を演じることが出来たのは彼女だけだ。

僕はくずおれた状態から立ち上がり――

鈴音さんの、手を取った。

「ちょっと砂浜の方に来てもらえますか？」

「え？　どうして？」

困惑《こんわく》した表情の鈴音さんには取り合わず、僕は残る三人に伝える。

「一夏さんたちは旅館に戻っていてください。少し鈴音さんに話があるので」

「えっ。ちょっとなんなの要っち？　まさか鈴音っちに告白とか？」

「違《ちが》います。そういうんじゃないです。でもとにかく真面目《まじめ》な話なので、二人きりにさせてもらえませんか？」

そう告げると、一夏さんたちは首を傾《かし》げながら顔を見合わせつつも、最終的には納得したように僕を見た。

「ま、なんかよく分からないけど分かったよ要っち。それじゃあ先に戻ってるからね」

「桃色《ももいろ》大家に組み伏《ふ》せられないよう気を付けてくださいよ？」

「風邪《かぜ》引く前に……帰ってきてね……」

そうして、一夏さんたちが旅館の方へと戻っていく。

僕は鈴音さんに目を向けた。

「じゃあここで立ち話もなんなので、砂浜の方で話を聞かせてください、《お姉ちゃん》」

「ふう……バレていたのね」

観念したように息を吐《は》き、鈴音さんは僕を見る。

「分かったわ、洗いざらい話してあげる」

※

「まず聞かせて。どうして私が《お姉ちゃん》だって分かったの？」

砂浜に並んで腰《こし》を下ろしつつ、僕たちは会話を始めていた。

「あの場で《お姉ちゃん》を演じることが出来たのは、どう考えても鈴音さんしか居なかったからです」

「その結論にはどうやって至ったの？」

「あの場でボイスチェンジャーを使えたのは鈴音さんだけでした」

「根拠《こんきょ》は？」

「一夏さんが言っていたんですけど、ボイスチェンジャーってまだ意外と進歩してない分野らしくて、某江戸川《ぼうえどがわ》少年の蝶《ちょう》ネクタイみたいなリアルタイムボイスチェンジャーって、まだ入手が難しいそうです。でもスマホのアプリになら、ちょっと低性能ですけどリアルタイムボイスチェンジャーがあるんです。だからリアルタイムボイスチェンジャーを使っていたさっきの《お姉ちゃん》は、必然的にスマホを持っていた人間に限定されます」

スマホなんか今どきみんな持っているけれど、さっきの僕たちは持っていなかった。

なんせ鈴音さんに預けていたからだ。

「つまり自分だけスマホを確保出来ていた鈴音さんが、絶対的に《お姉ちゃん》ってことになりますよね？」

「なるほど……そこからバレてしまったのね」

「それを踏《ふ》まえて、鈴音さんのさっきの動き方はこうですよね？　まず、僕にお花を摘《つ》みに行くと告げましたけど、それは嘘です。走り去りはしましたけど、途中《とちゅう》で引き返してきて、鈴音さんは《お姉ちゃん》として僕にすぐ再接触《せっしょく》を図《はか》りました」

「ええ……そうね」

「そして僕にあれこれ言ってから、僕の前から走り去ったわけです。鳥居の前から偶然《ぐうぜん》みんな居なくなっていたのは、鈴音さんにとってはラッキーでしたよね？」

「……ええ、これはバレないまま終われると確信したわ」

「逆に言えば、あの三人が固まっていたら即刻《そっこく》バレる程度の計画に過ぎませんでした。なんせ三人が固まっていた場合、三人はそれぞれのアリバイを証明し合えるからです。そうなれば、残る鈴音さんが《お姉ちゃん》であるともっと簡単に露見《ろけん》していたでしょうね」

「そうね……」

「言っちゃなんですけど、ガバガバな計画ですよね？　あんな永遠の別れみたいなことを言っておきながら、その永遠の別れが上手《うま》くいくかどうかは運任せ。ちょっと投げやり感があるというか、まるで即興《そっきょう》で考えたこの感じは《お姉ちゃん》らしくないです」

「……何が言いたいのかしら？」

「《お姉ちゃん》は僕が千石町に帰ってきてからこれまで、自身の正体を僕に探《さぐ》らせようとする動きを見せています。そんな動きを見せている人物が、急に『私に執着《しゅうちゃく》し過ぎ』とか言ってお別れを告げに来るのはおかしいんですよ。矛盾《むじゅん》してます。僕をまたこうやって《お姉ちゃん》に執着させ始めたのは《お姉ちゃん》当人なのに」

「…………」

「それに《お姉ちゃん》はあんなつまらないことをする人間じゃありません。あの時は動《どう》揺《よう》していたせいでおかしさに気付けませんでしたけど、今思えば違うんです。《お姉ちゃん》は僕を無駄《むだ》に悲しませたり、落胆《らくたん》させたりはしない人でした。だから言えるんです」

僕は断言する。

「——鈴音さん、はさっきの、《お姉ちゃん》ではありますけど、本物の《お姉ちゃん》ではありません」

「ふぅ……」

鈴音さんはまたひと息吐いて、それから苦笑《くしょう》してみせる。

「まあ、そりゃ重ねてバレるわよね」

「ここからは僕が尋ねる番です。どうして《お姉ちゃん》を騙《かた》ったんですか？」

「それはね……」

鈴音さんはさざめく海を眺《なが》めつつ、とつとつと語り始めた。

「……要くんの目を、今に向けさせようと思ったの」

「え……？」

「一時間デートの時に要くん、その捜《さが》してる《お姉ちゃん》のことを私に話してくれたでしょう？　今も会いたいと思う昔の《お姉ちゃん》……──そういう人が居るのってとても素敵《すてき》なことだと思うのだけど、でも一方で良くないことでもあるんじゃないかなって、私はそう思ったの」

鈴音さんは心配するような眼差《まなざ》しで僕を見つめてくる。

「要くんからその話を聞いた時、私は要くんがその《お姉ちゃん》の幻影《げんえい》に囚《とら》われてしまっていることがすぐに分かったわ。よっぽど好きな人だったんでしょう？　だから今もまだ千石町に居るかもしれないって知った要くんは、現在の《お姉ちゃん》に迫《せま》ろうとして私たちに色々と探りを入れていたのよね？」

「そうですけど……別に悪いことじゃないですよね？」

「悪いことではないと思うわ。けどね、要くんに自分を探させようとしているその《お姉ちゃん》って、本当に《お姉ちゃん》本人なの？」

「それは……」

今思えば分からない。あのメモ用紙や非通知の電話が《お姉ちゃん》本人による仕業《しわざ》だという証拠《しょうこ》はどこにもないからだ。

「私はね、そんな曖昧《あいまい》な存在に貴重な若い時間を注ごうとしている要くんのことが心配になってしまったの。だから……」

そっか……ようやく鈴音さんが《お姉ちゃん》を騙った理由が理解出来た。

鈴音さんはただひたすらに僕を救おうとしてくれていただけなんだ。

《お姉ちゃん》という存在に囚われ、今ある青春の日々を無駄に過ごしてしまうかもしれない僕を止めようとしてくれていたのだろう。

《お姉ちゃん》になりすまして別れを告げに来たのは、僕の中から《お姉ちゃん》の影《かげ》を追い出そうとしてのことに違いない。

僕の目を今に向けさせようとした、っていうのはそういうことなんだと思う。

……確かに僕は、お姉ちゃんに意識を向け過ぎているところはあるのかもしれない。

「ねえ要くん……」

「……はい」

「今回のことはもちろん謝るわ……。何を言いつくろったところで、私が要くんの思い出を穢《けが》すような真似《まね》をしたのは事実だものね。言い訳はしないわ――ごめんなさい」

鈴音さんは立ち上がり、頭を下げてきた。

「今回のことが失敗に終わった以上、これからも《お姉ちゃん》を捜してみるっていうならそれを止めもしないわ。でもね要くん、出来れば今にも目を向けて欲しいの」

「鈴音さん……」

「今、要くんの周囲には思い出に負けない大人のお姉さんが揃《そろ》っているはずよ？　一夏ちゃんや香奈葉ちゃんにいなほちゃん、そしてもちろん私だって居るんだもの。もし《お姉ちゃん》に出会うことが叶《かな》わなかったり、捜すのを諦《あきら》めたりした時は、私たちの誰《だれ》かにたんと甘えちゃっていいんだからね？」

少し冗談《じょうだん》めかして言いながら、鈴音さんは頭を上げた。

「(当然、私を選んでくれたら一番嬉《うれ》しいのだけれど……)」

「え、何か言いました？」

「ううん、なんでもないわ」

穏《おだ》やかに首を左右に振《ふ》った鈴音さんは、仕切り直すように居住まいを正すと、

「改めて、ごめんなさい……こんな私を許してもらえるかしら？」

「もちろんですよ」

僕のためにやったことだって分かったから、怒《おこ》ろうって気にはならなかった。

「けど、こんなことはもうやめてくださいね。でもって、これからも今まで通りに接してもらえたら嬉しいです」

「もぅ、いい子なんだから……」

鈴音さんは瞳《ひとみ》を潤《うる》ませ、けれど喜ぶように笑いながら――

ちゅ、と。

僕の頬《ほお》にキスをしてきて……――え？

「な、なんで……!?」

「さて、なんででしょうね？」

どこか誤魔化《ごまか》すように微笑《ほほえ》みつつ、鈴音さんは僕の手を引いて立ち上がらせた。

「さ、それじゃあ帰りましょうか。冷えと夜更《よふ》かしはお肌《はだ》の大敵だものね。要くんにはそのタマゴ肌を維持《いじ》してもらわないと困ってしまうわ」

自分の肌の心配じゃないところが鈴音さんらしいと思いつつ、キスの意味が分からず悶々《もんもん》としながら、僕は鈴音さんと手を繋《つな》いだまま旅館までの道のりを歩いていくのだった。

エピローグ　僕の性癖《せいへき》を姉属性に歪《ゆが》めたのは誰だ

鈴音《すずね》さんと和解した僕は、一緒《いっしょ》に旅館まで戻《もど》ったあとは、一夏《いちか》さんたちとも合流して就《しゅう》寝《しん》することになった。

適当に布団《ふとん》を敷《し》いて、もはや雑魚寝《ざこね》だった。

その深夜――

トイレに目覚めた僕は、みんなを起こさないように部屋から出た。尿意《にょうい》をリフレッシュさせたのち、すぐに部屋には戻らず旅館の外にふと足を運ぶ。

「結局、誰が《お姉ちゃん》なんだろ……」

旅館の庭をなんとなく歩きながら、僕は考える。

今回の出来事によって、鈴音さんは《お姉ちゃん》の候補から外していいのだろうか。

普通《ふつう》に考えれば外していいはずだ。

鈴音さんは《お姉ちゃん》を騙った人間なのだし、《お姉ちゃん》であるはずがない。

でも……本当にそうかな？

たとえばさっきの出来事がすべて《お姉ちゃん》のマッチポンプだとしたら？

鈴音さんが実は本当に《お姉ちゃん》だったとしたら？

そう考えることも出来るわけで……。

「……あぁもう、ホントに訳が分かんないよね……」

結局は決定的な証拠が見つかるまでは、誰が《お姉ちゃん》で誰が《お姉ちゃん》じゃないのかなんて分からないままなんだろうなぁ。

「はあ……せめて何か新しい痕跡《こんせき》だけでも届けてくれないかな……」

今すぐ姿を見せろとは言わないけれど、近くに実在するという証拠だけでも見せて欲しい。《お姉ちゃん》が本当に近くに居るのかどうかが分からなくて不安だった。

僕は答えのないモノを追い求めているんじゃないかと、そう考えてしまうこともある。

だから、せめて――

「近くに居るっていう証拠だけでも、もっと……」

『しょうがないなあ』

「――っ⁉」

僕の独り言に応じるかのように、背後から唐突《とうとつ》にドラ○もんみたいな応答があった。

変声された声――またボイスチェンジャー。

一体誰が……、と振り返ろうとした僕へと釘《くぎ》を刺《さ》すような言葉が続く。

『あ、振り返っちゃダメだよ。振り返ったらもう二度と会ってあげないから。それこそさっきの偽者《にせもの》が言っていたようにここでゲームオーバー――さようなら、だね』

その台詞《せりふ》にハッとする。

――さっきの偽者。

背後に居るのは鈴音さんを偽者呼ばわり出来る存在……？

つまり、

「ほ、本物の《お姉ちゃん》……？」

『そう思ってくれたら嬉しいかな～』

背後の誰かはそう言った。僕の心臓が高鳴る。緊張《きんちょう》と興奮が押し寄せてくる。

『まあそれはそうと要《かなめ》くん、君は私が近くに居る証拠が欲《ほ》しいらしいね？』

「は、はい……」

『まあ現在進行形のこの接触《せっしょく》が何よりの証拠だと思うんだけどさ、でもそれとは別にもうひとつ、本物の私しか知らない物的証拠を提示することで、この私が本物だという確証を与《あた》えてあげるよ』

背後の誰かはそう言うと、続けて、

『神社』

「え？」

『要くん、さっきの神社に行ってごらんよ。でね、社務所の近くに生えてる木の根元を掘《ほ》ってみて』

「ほ、掘る……？」

『そう、掘ってみなよ。多分いいモノが埋《う》まってるからさ。それこそ、要くんがずっと知りたがってた私の気持ち、とかね』

《お姉ちゃん》の気持ち。

僕のことが好きだったのかどうか。

きちんと明言されたことのないその答えが、神社に埋まっているってことなの……？

『それじゃ、私はおねんねに戻るから。――またねっ』

そう言って背後の誰かが立ち去っていく足音が響《ひび》いた。

僕の心臓はまだ高鳴っていた。

本物の《お姉ちゃん》に会えた。

しかもおねんねに戻るってことは、やっぱり四人の誰かが《お姉ちゃん》なんだ。

鈴音さんを除けば三人が候補だけれど、鈴音さんはまだ除けない。

鈴音さんを偽者呼ばわりしていたけれど、それはもしかしたら自分のことを偽者と呼んだだけかもしれないのだし。

だから相変わらず候補は四人のままで、けれど四人の誰かが《お姉ちゃん》。

じゃあ僕はもう《お姉ちゃん》に会っているんだ。

それが分かっただけで、僕は充分《じゅうぶん》に満たされていた。

けれど廃《はい》神社には一応行ってみよう。

僕に対する《お姉ちゃん》の気持ちが知りたいし。

「……でもどういうことなんだろ?」

廃神社めがけて走り出しつつ、僕は首を傾《かし》げていた。

社務所近くの木の根元を掘ったら、どうして《お姉ちゃん》の気持ちが分かるのか。

そこには何があるんだっけ?

一〇年前の小旅行で、《お姉ちゃん》はあそこで何をしていたっけ?

やがて廃神社にたどり着いても、社務所近くの木を発見しても、僕は何も思い出せちゃいないままだったけれど——

ふと、

『ここにはね、未来を司《つかさど》る神様が祀《まつ》ってあるんだってさ』

僕の脳裏《のうり》に当時の記憶《きおく》がよみがえってくる。

『だから未来に向けた──』

手紙を──

「……──書いて……」

埋める。

風習。

「──そっか」

僕は思い出す。

ここで《お姉ちゃん》は手紙を書いていたんだ。未来を司る神様を祀っているがゆえにこの神社では以前、未来文と呼ばれるこの時期限定の行事が開かれていた。未来への願いを書いてこの木の根元に長期間埋め続けて掘り返すと、その埋め続けた期間に応じて手紙の内容が実現しやすくなるという、一種のおまじないじみた行事だった。当時の僕はろくに字が書けなかったから、《お姉ちゃん》だけが何かの願いを書いて埋めてもらっていた。

「じゃあ……もしかしてその願いっていうのが……」

《お姉ちゃん》の気持ちってこと？

僕と将来どうなりたいか──《お姉ちゃん》はそれについて綴《つづ》ってくれたのだろうか。

「なんにせよ、掘ってみるしかないね……」

《お姉ちゃん》の気持ちを知りたい一心で、僕はスマホを光源にしつつ、近くに落ちていた木の棒で木の根元を掘り返していく。

するとしばらくして、銀色の缶《かん》が出土した。さびついたそれを少し苦労して開けてみると、中には大量の便せんが入っていた。試《ため》しに一枚だけ取り出して読んでみれば、未来への願いが書かれている内容だと簡単に理解出来た。

つまり、これらは未来文だ。

廃神社化したがゆえに放置されていた未来文たち。どうやって《お姉ちゃん》のモノ
探せば《お姉ちゃん》のもあるかもしれない。どうやって《お姉ちゃん》のモノだと判だと判断すればいいのか分からないけれど、僕はとにかく一枚ずつ精査し始めた。

するとやがて――

「――これって……」

僕は目を見開く。

とある便せんを手に取って目を通した瞬間《しゅんかん》、心を貫《つらぬ》かれていた。

知らぬ間に涙《なみだ》さえ頬を伝っていく。

その内容は――

『私の方が幾《いく》らか早く年を取っちゃうわけだけど、それでも要くんが好きって言い続けて

くれますようにっ』

というモノで、これってすなわち――

「……《お姉ちゃん》も、僕のことが……」

そういう認識《にんしき》で、構わないのだろうか。

勝手に決め付けちゃうのは非常におこがましいかもしれないけれど、でもきっとそうなんだろうと思うと、僕は嬉《うれ》しくて更《さら》に泣いてしまう。

《お姉ちゃん》に会いたい気持ちがより強まっていく。

けれど――その気持ちばかりを優先させるのは……きっと違《ちが》うんだ。

さっき鈴音さんの言ってくれた言葉が心で渦《うず》を巻いている。

――今にも目を向けて欲しい。

昔ではなく――今。

僕にとっての今は、きっと充実《じゅうじつ》し始めている。

この春、僕は四人のお姉さんと出会った。

ちょっぴり変態だけれど、基本的には心優《やさ》しい大家の鈴音さん。

いつなんどきも明るくて、ユーチューバーとしての道を本格的に歩み始めた一夏さん。

学校では真面目《まじめ》でも、私生活では良い意味で不真面目な先生。

おどおどしているけれど、実は人一倍お茶目で可愛《かわい》い趣味《しゅみ》を持っているいなほさん。

こんなにも素晴《すば》らしいお姉さんたちに囲まれた今を、充実していないとは言えない。

大切にすべき今が、確かに僕の目の前には広がっていた。

もちろん《お姉ちゃん》のことを諦《あきら》めるわけじゃない。

四人のうちの誰《だれ》かが《お姉ちゃん》だというのなら、僕は絶対に捜《さが》し当ててみせる。

だけれどそれと同じくらいに、《お姉ちゃん》云々《うんぬん》を抜《ぬ》きにした今の時間も大切にしたい。

《お姉ちゃん》と離《はな》れ離《ばな》れになった過去があればこそ、僕はもうそんな悲しい思いをしたくはないから。

失った時間の尊さを痛いほど知っている僕だからこそ、今にも目を向け、それを大切にするべきなんだと思う。

過去と現在。

《お姉ちゃん》とお姉さんたち。

双方《そうほう》を選ぼうとする僕は強欲《ごうよく》なのかもしれないけれど、でもしょうがないよね。

「だって僕は——お姉さん専だから」

そう独りごちて《お姉ちゃん》からの未来文をそっと懐《ふところ》へと忍《しの》ばせつつ、いずれ来《きた》るはずの輝《かがや》かしい未来を摑《つか》み取るために、僕はこれからの奮闘《ふんとう》を誓《ちか》うのであった。

あとがき

先日、プロテインシェイカーなるモノを買いました。その容器に水あるいは牛乳と一緒《いっしょ》にプロテインの粉を入れてしゃかしゃか振《ふ》るとお手軽にプロテインドリンクが出来るんですよね。本当にすごくお手軽なんですけど、最近は自分の口の中に直接プロテインの粉を放り込んでそこに水を飲んでいくスタイルが定着し始めているのでもう使ってません。

さて、前作を読んでくださっていた方はお久しぶりです。初めましての方は初めまして。デビュー作から何作連続で年上ヒロインものを書き続けられるかに挑《いど》んでいる者です。

このお話は軽いフーダニット要素を含《ふく》んだなんちゃってミステリラブコメです。ミステリ要素は料理で言えば調味料程度の加減に留《とど》めています。私が一番書きたいのは、そして本作を手に取ってくださった方が一番読みたいのは、年上のお姉《ねえ》さんたちとのいちゃこらではないかと思っています。なので比重はあくまでラブコメ色強めです。

で、このお話って最初からヒロインが四人居るんですよね。お姉さんの闇鍋《やみなべ》状態です。誰《だれ》がメインで誰がサブで、という区分けはしておらず、みんながみんなメインヒロインのつもりで書きました。一応、四人ともそれなりにキャラは立っているんじゃないかと思いつつ、でも実際に読んだ人の目にはどう映るんだろうと気になるところではあります。

ちなみに本作のキモである《お姉ちゃん》の正体についてですが、これはすでに決まっています。今後の展開に応じて正体が変わることはないです。察しの良い方はもしかするともう気付いていたりするんですかね……？

いずれにせよ、今回のお話はキャラ紹介《しょうかい》的な側面が強い気がしますので、もっと色んな絡《から》みを描《えが》くためにも続刊を出せればいいなと思っていますが、そこは私の裁量でどうにかなるモノではありませんので、このお話が売れてくれることを祈《いの》っておきます。

では謝辞をば。

担当様、今作の立ち上げから色んなアドバイスをいただけて感謝しております。どうせならお姉さんいっぱい出した方が嬉《うれ》しくないですか？　と言って一巻からいきなり四人も年上ヒロインを投入させてくれたこと、本当にありがたかったです。

そしてねいび先生、美麗《びれい》なイラストをありがとうございました。特にカバーイラストの完成データを最初に拝見した時は感動しました。絵心皆無《かいむ》の神里《かみざと》からすると本当にすごいなと思っております。本作にふさわしいイラストの提供を心から感謝します。

そしてそして読者の皆《みな》さんもご購入《こうにゅう》ありがとうございました。またお会いしましょう！

神里大和《やまと》

富士見ファンタジア文庫

姉《あね》をさがすなら姉《あね》のなか

年上《としうえ》お姉《ねえ》さん×4との甘々《あまあま》アパート生活《せいかつ》はじめます

令和２年６月20日　初版発行

著者――神里大和《かみざとやまと》

発行者――三坂泰二

発　行――株式会社KADOKAWA
〒102-8177
東京都千代田区富士見2-13-3
0570-002-301（ナビダイヤル）

印刷所――株式会社暁印刷

製本所――株式会社ビルディング・ブックセンター

ISBN978-4-04-073692-1 C0193 ◇◇◇

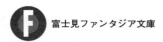

切り拓け！キミだけの王道

ファンタジア大賞

原稿募集中！

賞金

《大賞》**300**万円

《金賞》**50**万円 《銀賞》**30**万円

選考委員

細音啓 「キミと僕の最後の戦場、あるいは世界が始まる聖戦」

橘公司 「デート・ア・ライブ」

羊太郎 「ロクでなし魔術講師と禁忌教典（アカシックレコード）」

ファンタジア文庫編集長

前期締切 **8**月末日

後期締切 **2**月末日

公式サイトはこちら！ https://www.fantasiataisho.com/ イラスト／つなこ、猫鍋蒼、三嶋くろね